Stig Alm tar fallet – Polis mördad

Gunnar Lindberg

Stig Alm tar fallet -
Polis mördad

G. Lindberg Förlag
Valencia, Spanien
g.lindberg.forlag@gmail.com

ISBN 978-91-983511-9-4

Kapitel 1

Det var den andra dagen i följd som Lars-Olov Bylund fann henne sittande på en trälåda bredvid ingången till restaurangen. Hon var nog inte mer än trettio men verkade äldre, tärd av fattigdom och umbäranden. En bylsig kofta dolde all antydan till kvinnliga former, en filt värmde benen och ett grönt huckle täckte håret. På trottoaren stod en tallrik med två ensamma mynt. Ett textat plakat bad om pengar till medicin åt hennes femåriga son. Hon sträckte fram sin kupade hand mot honom.

"Zu Kindern, bitte!"

Dagen innan hade han gett henne några småslantar och ett återhållet leende. Det var helt i sin ordning att hon satt där, bara inte för länge. Att hon fortfarande var kvar på samma plats var en missräkning. Det påverkade säkert inte hans stamgäster men en och annan *drop-in* valde kanske att stilla sin hunger på något annat ställe. Han behövde sina lunchgäster, även de som slank in av en tillfällighet. Han hittade en femkrona i vänster byxficka, kanske var det tillräckligt för att hon skulle bryta för dagen?

Lars-Olov Bylund hade alltid känt solidaritet med de fattiga och förföljda. Han hade själv en blygsam bakgrund. Femton år gammal hade han avslutat sin skolgång för att försörja sig på säsongsarbeten. Det hade mest varit bärplockning under somrarna och snöröjning vintertid. Han hade levt sparsamt, sällan köpt något nytt i klädväg, ätit hos föräldrarna när inkomsten sinade. Vändpunkten hade kommit när han gjorde sin värnplikt på ett trosskompani. Efter elva månader i Boden visste han hur man mättar tvåhundra hungriga soldater. Nu,

5

trettio år senare var han restauratör med ambitionen att driva Umeås främsta gourmetrestaurang.

Sommaren 2015 hade varit bättre än snittet de senaste åren. Nu, när augusti månad närmade sig slutet, hade han färre turister men mer affärsfolk som gäster. Det var helt i sin ordning. Allt hade gått på rutin till dess han fick påhälsning av två för honom helt obekanta män. Endast ett par sena lunchgäster satt fortfarande kvar med sitt kaffe när servitören öppnade dörren till kontoret.

"Vi har två besökare som vill träffa chefen."

"Är det några som vi känner?"

"Inte vad jag vet. De ser inte ut som matgäster."

Männen såg inte ut att höra hemma i Umeå, knappast någonstans norr om Uppsala. De hängde mot bardisken med varsin ölsejdel inom räckhåll. Den ena var lång, smärt och mörkhårig, den andra kortvuxen och kal på skulten. Båda var iklädda blanka mörkblå kostymer, vita skjortor, slipsar och svarta inneskor. Om det inte hade sett ut att ha sovit i sin utstyrsel, så hade de hade varit presentabla på varje plats där kavaj och byxor var ett krav. Det var den längre som först yttrade sig.

"Vi bad att få tala med chefen, den som ansvarar för *stellet*."

Orden avslöjade genast besökarens hemvist. Det blev än tydligare när den kortare av de två förtydligade: "Vi kan inte *venta* hur *lenge* som helst."

Vad hade de väntat sig? Uppenbarligen inte en medelålders man i jeans och polotröja.

"I så fall är jag rätt person. Vad kan jag göra för herrarna?"

Den långe rätade på sig och granskade mannen som påstod sig vara chefen. Ansiktsdraget skiftade från otåligt till överraskat. När han till slut fann för gott att godta mannen i jeans som chef för stället fiskade han upp ett visitkort ur bröstfickan.

"Georg Billström, kundansvarig på Aktiebolaget Företagsskydd. Jag är här för att informera om vilka säkerhetslösningar vi kan erbjuda."

Lars-Olov Bylund läste på kortet och konstaterade att han hade haft rätt om besökarnas hemvist. Aktiebolaget Företagsskydd hade en adress i den Kungliga Huvudstaden.

Lars-Olov Bylund kände inte till att hans restaurang var i behov av något annat skydd än inbrottslarmet som gick till polisen. Kundansvarige Billström förklarade att hotmönstret hade förändrats. Numera var varje företag ett potentiellt offer för stöld och vandalism. Utan professionell hjälp kunde ingen längre känna sig säker. Flera företagare i Umeå hade råkat ut för skadegörelse under det senast året.

Det hade inte blivit mer sagt vid deras första möte. Bylund lovade att tänka på saken, mest för att bli av med det ovälkomna paret. Han borde kanske ha förstått att något var på gång, att deras besök endast var början av en otrevlig utveckling. Han hade inte kunnat föreställa sig att hans restaurang nästa dag skulle få besök av främmande gäster som högljutt klagade på det som de hade serverats, vägrade betala, slog sönder tallrikar och glas, slängde stolar och välte bord.

Redan dagen efter uppträdet med krossat porslin och flygande stolar återkom kundansvarige Billström. Den namnlöse var fortfarande med i hans följe. Lars-Olov Bylund var redan på plats i lokalen beredd att ingripa mot missnöjda lunchgäster. Besökarna slog sig oombedda ner vid närmsta lediga bord. Lars-Olov Bylund mötte dem med långa kliv.

"Jag förmodar att herrarna inte är här för att äta."

"Vi har kommit för att erbjuda vår hjälp."

Det var fortfarande kundansvarige Billström som förde ordet.

"Det har visst varit en del strul sedan sist."

Nu var krögaren helt klar över vad som var på gång. Om han inte köpte deras skydd skulle strulet fortsätta till dess att han betalade. Maffian hade nått Umeå. Det förklarade också strulet som på sista tiden hade drabbat andra företagare i staden. En bilverkstad hade till hälften brunnit ner, innehavaren av en frisörsalong hade blivit misshandlad och rånad när han efter arbetsdagens slut hämtade sin bil i garaget.

Lars-Olov Bylund hade genom god planering och hårt arbete nått sina mål. Han var hälftenägare och chef för en krog värd Michelinstjärnor. Han skulle inte låta två pajaser i ovårdade kläder sätta sig på honom. Vad skulle det leda till? Han skulle inte längre rå sig själv. Maffian skulle alltmer ta kontroll och vid varje möjligt tillfälle höja avgiften för sitt *beskydd*. Det var fullständigt uteslutet. Det var med näppe som han kunde hålla rösten stadig när han meddelade sitt beslut.

"Jag behöver inte något skydd. Jag tar hand om saken själv. Den som inte tror mig kommer att ångra sig resten av sitt korta liv."

Sådana ord hade besökarna hört tidigare. Det var inget som fick dem att tappa fattningen eller känna sig misslyckade. Det var endast en tidsfråga innan den motsträvige krögaren med tacksamhet skulle ta emot deras tjänster.

"Du har vårt telefonnummer när du ångrar dig."

Kundansvarige Billströms röst var full av tillförsikt.

Lars-Olov Bylund hade uppträtt med mycket större självsäkerhet än vad han kände inombords. Vad för *strul* skulle han drabbas av härnäst? En bomb? Rån? Mordbrand? Det fanns endast en sak att göra. Så snart de oönskade besökarna hade lämnat slog han numret till kriminalkommissarie Erik Andersson vid Umeåpolisen.

Tre dagar senare hade inget strul inträffat utöver vardagens små missöden. Lars-Olov Bylund undrade om han kanske hade oroat sig i onödan. Andersson hade inte kunnat lova någon annan hjälp än att polisen då och då skulle ta vägarna förbi. Det hade kanske varit tillräckligt för att han skulle bli lämnad ifred? Det som nu irriterade honom mest var kvinnan som satt utanför entrén och tiggde. Från sin

8

plats bredvid garderoben såg han att många som passerade såg på henne med ogillande. Det fick räcka nu. Om hon återkom nästa dag skulle han ge henne en rejäl slant och be henne att flytta till någon annans entré. Han skulle köpa sig fri och fortfarande ha gott samvete. Han brydde sig ju om fattiga och förföljda.

Om krögaren inte hade varit så försjunken i sina tankar hade han kanske lagt märke till en svart Mercedes vid trottoaren utanför krogen. Bilen hade stannat i fel riktning och blivit stående någon minut utan att något hände. Det såg ut som om passagerarna väntade på ett lämpligt tillfälle, väntade på att ett par möjliga vittnen skulle avlägsna sig. Det var precis vad tre ynglingar i bilens innandöme gjorde. Hon som satt och tiggde skulle bli kvar men det var inget problem. Vem skulle lyssna på henne? Ett medelålders par som gestikulerade och argumenterade tjugo meter bort kunde bli ett problem. Det löste sig när båda försvann in genom en port.

När två ynglingar till slut lämnade bilen skyndade de mot restaurangen med basebollträn i händerna och ansiktena dolda av neddragna luvor. Krögaren märkte att hans gäster reagerade på någonting. Han vände sig mot entrédörren och förstod att nu var det strul på väg.

På trottoaren hade tiggerskan med visst besvär kommit på benen. Med vänster hand utsträckt haltade hon fram mot chauffören som väntade med fönstret nere.

"Please, bitte... to my children..."

Chauffören höll fram en handflata som ett stopptecken, han var inte på givarhumör. Tiggerskan gav inte upp för så lite. Hon tog sats igen och sträckte in den kupade handen genom fönstret. *"Bitte... to my children..."*

Det var för närgånget för chauffören som redan var irriterad av att tvingas sitta kvar i bilen när hans kumpaner roade sig i restaurangen. Han greppade hårt om hennes handled och föste ut armen genom fönstret. I samma sekund klickade det till och något av metall satt fast runt chauffförens handled. Ett klick till och handleden var fängslad vid bildörrens ytterhandtag. Sedan var det som om tiggerskans alla krämpor hade släppt. Hon rusade snabbt runt bilen, fick upp höger framdörr, lutade sig in och lade beslag på nyckeln i tändningslåset innan chauffören hade förstått vad som hände. Sakta gick det upp för honom att han varken kunde ta sig loss eller köra bilen. Det enda han kunde göra var att låta signalhornet tjuta och hoppas att kumpanerna skulle komma och undsätta honom.

Undsättarna var fullt upptagna när de hörde signalhornet. Den ena hade jagat in krögaren i garderoben och slog ivrigt mot armar och ben med sitt basebollträ. Den andre krossade, inte fullt lika entusiastiskt, starkvarorna i baren. Det var med en kluven känsla som han måttade slagen mot whisky- och konjaksflaskor. Det tjutande hornet betydde snabb reträtt. Den som skövlade baren greppade två flaskor som hade överlevt och rusade mot utgången. Kumpanen i garderoben gjorde ett sista utfall mot sitt offer innan han vände på klacken. Det var först när de hade slängt sig in i bilen som de märkte att något var fel.

”Kör för helvete, ge järnet!”

Deras chaufför, med en arm hängande ut genom fönstret, ville förklara men fick endast fram ett kvidande: ”tattarjäveln.”

Den första polispatrullen anlände i samma ögonblick som kumpanerna förstod att de inte hade någon flyktbil. Deras chaufför var fjättrad i dörrhandtaget, själva var de fast när den anländande polisbilen blockerade högerdörrarna och *tattarjäveln* vaktade vänster sida med dragen pistol. De var förståndiga nog att inte förvärra sin situation med ett åtal om våldsamt motstånd.

Kriminalkommissarie Erik Andersson och *tattarjäveln*, nu demaskerad till polisassistent Kerstin Larsson, hade slagit sig ner i personalrummet för en välförtjänt fika. Deras plan hade slutligen gått i lås. Det första försöket, med Kerstin vaktande utanför den hotade bilverkstaden, hade misslyckats. Mordbrännarna hade anlänt på natten, långt efter att tiggares arbetspass hade avslutats. Andersson hade velat avbryta den okonventionella insatsen men Kerstin Larsson hade stått på sig. Hon liknade vid första anblick inte någon brottsbekämpare. Hennes ringa kroppslängd var ofta till nackdel vid ordinär yttre tjänst men när hon spanade *undercover* var den en fördel. Det hade hon redan bevisat och nu såg hon ännu ett tillfälle att dra nytta av det som andra lade henne till last. Elaka, eller enbart obetänksamma kollegor, pikade henne ibland för sin kortvuxenhet. Det var sådant som gnagde på självbilden. Kerstin Larsson behövde sina stunder av framgång.

Erik Andersson var en högst ordinär polis på god väg mot sin femtionde födelsedag. I sexton år hade han haft tjänsten som kriminalkommissarie i Umeå och lika länge hade han drömt om en förflyttning till Stockholm. Han hade lovat sin hustru att det som mest skulle bli ett par år av norrländsk förvisning. Hoppet om en tjänst söderut levde fortfarande, nu skulle i stort sett vad som helst söder om Gävle duga. Det han behövde var ett stort genombrott, ett kriminalfall som gav eko i riksmedia. Han skulle vara den som intervjuades, som fick förklara hur hans skarpsinne och handlingskraft hade varit avgörande för framgången. Sedan skulle tiden i Umeå vara förbi. Han hade varit nära vid några tillfällen men ödet hade inte varit på Anderssons sida.

Dagens fångst var vad media skulle rapportera som lokala busar tidigare kända av polisen. Andersson hade haft dem i förhörsrummen fler gånger än han kunde minnas. Skadegörelse, inbrott, tillgrepp av fordon, misshandel…, listan var hur lång som helst. Dagens gripanden skulle kunna bli Anderssons biljett mot söder om det ledde till uppnystandet av maffiahärvan som var på väg att etablera sig i staden. Men det behövdes mer. Att gripa tre välkända busar var inte tillräckligt.

***

På Dagö rättspsykiatriska klinik, en dryg timmes bilresa norr om Umeå, gick Doktor Josef Heinz sin morgonrunda vid halv tio. Av klinikens sju patienter befann sig tre i dagrummet där teven stod på utan att fånga någons uppmärksamhet. En av dem läste rubrikerna i gårdagens lokaltidning. Vad som hände utanför kliniken intresserade honom fortfarande även om det saknade betydelse för livet innanför murarna. Det var väckning vid åtta, vardag som helgdag, frukost klockan nio och sedan fick patienterna förströ sig med vad de var intresserade av så länge som det inte inkluderade något som kunde vålla skada. Ingen av dem behövde förberedas för ett liv i frihet. Det hade avgjorts en gång för alla att de var för farliga för att släppas ut i samhället. Mycket av tiden sov de bort. Tristessen skulle ha knäckt dem om det inte var för *Dagö Cocktail*, den obligatoriska drogen som lugnande och stängde av känslorna. Doktor Heinz hälsade kort på de tre i dagrummet och fick en blick tillbaka från var och en. Han behövde inte fråga hur de mådde. De var befriade från lusten och lidandet som hade fört dem till Dagö.

Av de övriga patienterna hade två funnits på kliniken i mer än trettio år. De närmade sig stadiet då ålder och skröplighet skulle göra dem ofarliga. Om de levde länge nog kunde deras svaghet till slut hjälpa dem bort från Dagö. Den äldste hade dömts till vård sedan han hade tagit livet av sin andra hustru och deras gemensamma barn. Hans första hustru hade försvunnit spårlöst efter två års äktenskap. Båda hade efterlämnat ärvda förmögenheter som hade gjort honom till en av de nyrika. Nu låg han mest på sin bädd och stirrade i taket.

Den andra åldringen var en mordbrännare med lång karriär och upprepade misslyckade behandlingsförsök bakom sig innan han till slut låstes in på Dagö. Hans lust att se hus och hem i lågor hade kostat sju människor livet. På kliniken fanns ingen möjlighet att göra upp eld, men fortfarande kunde han drömma. Inte ens *Dagö Cocktail* förmådde att släcka lusten helt.

Nästa patienten som fick doktorns besök svarade inte längre på tilltal. Han var ett undantag från regeln att Dagös patienter hade liv på sina samveten, men han kunde ha orsakat miljoners lidande, hela landets undergång, om det kalla kriget hade blivit hett. Åtalspunkterna hade varit grovt spionage och landsförräderi. Vad för slags psykisk ohälsa han led av hade aldrig blivit helt klarlagt. Kanske spelade det ingen roll. Regeringen hade placerat honom på Dagö.

Allra sist hälsade doktor Heinz på Lusen. Sigvard Lind hette han vid inskrivningen mer än tjugo år tidigare och Sigvard hette han fortfarande när han var inom hörhåll, annars var det Lusen. Det var också det enda namn som hade används av hans kumpaner innan han blev placerad på Dagö.

Lusen var inte ensam på sitt rum. Han hade sällskap av skötaren Frans Sunesson. Frans var den av skötarna som Lusen mest tydde sig till och Lusen hade blivit Frans favorit bland patienterna. De var långt ifrån några kompisar, de var fortfarande mentalskötaren och patienten, men de hade med tiden närmat sig något som liknade förtrolighet. För Frans kunde Lusen berätta om sitt liv i frihet, om plastpistolen som gick i bitar när kumpanen hetsade bankkassörskan genom att slå den mot pansarglaset, om värdetransporten som inte hade innehållit mer än den ensamma väktarens fickpengar, om det tilltänkta kidnappningsoffret som hade halvt slagit ihjäl de två som försökte tvinga in honom i en bil. Det var alltid någon annan som misslyckades när Lusen berättade. Han var mer tystlåten om sin egen kriminalitet. Han hade gjort beställningsjobb, halva betalningen i förskott och resten när jobbet var gjort.

Nu låg Lusen på sin bädd med slutna ögon. Frans stod bredvid och försökte fånga hans uppmärksamhet.

"Vi kan göra något, spela domino, vad som helst. Det är bättre än att du ligger och blundar."

Doktor Heinz stod i dörren och betraktade scenen. Visst hade Lusen blivit alltmer passiv de senaste veckorna? Kanske närmade han sig slutet. Några allvarliga kroppsliga krämpor hade han inte men de fanns de som bara släppte taget om livet.

"Bra Frans, försök att få fart på Sigvard. Se till att han äter ordentligt också."

Frans bekräftade att han hade hört uppmaningen. Jobbet skulle bli tristare utan Lusen. Ibland var det som om Lusen kände ett behov av att berätta om sådant som varken polis eller domstol hade hört, att få lätta samvetet innan det var för sent. Frans lyssnade gärna, inte enbart av nyfikenhet för egen del. Han träffade en kvinnlig polisassistent som var intresserad av patienternas kriminella förflutna. Att de sällskapade är för mycket sagt, men det hände att han stannade hos henne över natten.

Kapitel 2

Polisassistent Bengt Rost släpade en blytung resväska längs Stations-
vägen. Han hade flugit från Umeå till Arlanda på söndagsmorgonen
och sedan, efter en kort fikapaus, fortsatt med tåg till Södertälje. Vid
järnvägsstationen hade han erbjudits skjuts med taxi men avböjt. Det
var endast en kort promenad till det hyrda rummet på Holmgatan.

Rost hade gjort resan söderut som hans chef kriminalkommissarien
Erik Andersson hade drömt om under sjutton långa år. Det var
kriminalinspektör Stig Alm som hade kontaktat Rost och undrat om
han var intresserad av att arbeta med honom på den *Nationella operativa
avdelningen*. Det var först sedan Alm hade påmint honom om att
Rikskriminalpolisen numera är NOA som han hade insett att han
skulle arbeta i Stockholm. Rost hade, i motsats till Andersson, aldrig
längtat söderut. Umeå passade honom väl. Han kände till det som var
värt att veta om staden och länet och var uppskattad av allmänheten.
Inte av alla busar kanske, men de ansåg honom åtminstone vara reko
för att vara polis.

Han hade blivit överraskad när Alm ringde och undrade om han
kunde tänka sig att hjälpa honom som spanare. De hade arbetat
tillsammans när rikskrim behövdes i Umeå. Stig Alm hade uppskattat
den pålitliga assistenten. Bengt Rost gjorde inga riskabla ingripanden
utan chefens godkännande, sådant hade Alm fått nog av. Rost gjorde
det han hade blivit ålagd och lät det stanna där.

Alm hade inte sagt mycket om vad för slags uppdrag de skulle arbeta
med. Endast att det gällde hot och utpressning.

"Du som är okänd här blir en utmärkt spanare", hade han förklarat.
"Du ska hålla dig borta från NOA. Så få som möjligt ska veta att du är
polis och att du och jag arbetar tillsammans".

Att Bengt Rost var aningen rund för att vara polis var ingen nackdel. Tvärtom, ingen skulle misstänka att han var Alms ögon och öron. Det var något som Alm hade behållit för sig själv.

Efter tio minuter gjorde han halt vid en smutsgul trevånings huslänga. En försummad rabatt längs väggen gjorde inget för att mildra intrycket av att området hade passerat bäst före datum. Stig Alm, som hade tipsat Rost om rummet, hade försäkrat att värdfolket var ett rekorderligt par som mest hyrde ut för att de uppskattade sällskap. Egentligen var det nog Sigurd Strömberg, pensionerad kriminalkommissarie, som ville ha någon som lyssnade på hans historier om hur polisarbetet var för länge sedan. Hustrun Vera, fortfarande barnmorska på halvtid, hade hört allt och var inte längre intresserad.

Sigurd Strömberg släppte in och hälsade honom välkommen. Inget hos den pensionerade kollegan överraskade Rost. Strömberg var minst en och åttiofem lång, hade bruna ögon och spänstig hållning. Rösten var stadig som hos en man med stort självförtroende. Han måste ha varit en imponerande brottsbekämpare under sin aktiva tid. Rost, som var halva huvudet kortare och rundare kring midjan, sträckte på sig.

Rummet var inte stort. Den murriga tapeten mönstrad med slingor från en av Rost okänd växt, fick det att krympa ytterligare. Där fanns en säng, en lös garderob, en meterbred bokhylla med ett tiotal böcker, några prydnadsföremål och fotografier. En fåtölj klädd i röd sammet, ett litet skrivbord och en stol vid fönstret lade beslag på det mesta av återstående golvyta. Toalett till hyresgästen låg vägg i vägg.

"Jag hoppas att du kommer att trivas här. Du ska känna dig som hemma i hela lägenheten", uppmanade Sigurd Strömberg sin nya hyresgäst.

"Vera visar dig köket när hon kommer hem från sitt arbete. Det skall inte dröja länge nu."

Rost hade inte något större behov av att känna sig som hemma i Södertälje. Han räknade med att flytta så snart som någon av länspolisens lägenheter för tillfällig boende blev ledig. Det kunde dröja som mest några veckor, kanske ett par månader, hade Stig Alm förklarat. Rost, som var mån om en god relation till sin förhoppningsvis tillfälliga hyresvärd, svarade artigt att allt passade honom perfekt.

"Vi slår oss ner i vardagsrummet. Jag hoppas att du vill ha något att äta. Vera har lämnat en paj i kylskåpet."

Det var ingen risk att Rost skulle göra Sigurd Strömberg besviken. Han kände ständigt för något att äta. Sigurd Strömberg hämtade kaffe, äppelpaj och vaniljsås från köket. Det var först när de hade gjort slut på det mesta av pajen som Rost lade märke till att hans värd inte verkade vara riktigt i balans. Han tappade tråden i deras samtal och sneglade då och då på sin klocka.

"Du har kanske en tid att passa?" undrade Rost. "Jag klarar mig själv om det är något som du behöver göra."

"Nej, jag ska inte göra något. Det är bara det att Vera borde ha kommit hem för en halvtimme sedan. Men det är säkert ingenting. Hon har kanske träffat någon bekant på vägen."

Bengt Rost var van vid människor som oroades när en anhörig inte hördes av som väntat. Det kunde ta allt mellan några dagar till ett par timmar av oförklarlig frånvaro innan polisen kontaktades. En hustru som var en halvtimme försenad på eftermiddagen var väl ingen anledning till oro? Ett par minuter senare hörde de ytterdörren låsas upp och öppnas. Lättnaden i kommissariens ansikte var påtaglig.

"Älskling, du är sen. Vår nya hyresgäst har redan anlänt."

Vera svarade från hallen: "Ni får förlåta mig. Jag kom iväg sent och missade mitt tåg."

Bengt Rost mötte hennes blick så snart som hon visade sig i dörröppningen. Med klarblåa ögon, mellanblont hår och rak hållning såg hon betydligt yngre ut än sin make. Hennes leende gjorde genast det modesta hyresrummet mer tilltalande. Hon tog i hand, önskade honom välkommen och undrade om det var något som han saknade. När Rost förklarade sig nöjd ursäktade hon sig. Hon behövde fem minuter för att byta till något för hemmabruk.

De blev sittande tysta när Vera hade lämnat dem. Kommissarien plockade ihop koppar, fat och assietter, Rost tänkte på vad Alm hade sagt om hans kommande arbetsuppgifter. Han skulle arbeta ensam, skaffa sig kontakter i miljöer där det förekom hot och utpressning. Det kunde bli långa dagar och även nätter. Det räckte inte att arbeta nio till fem när man ger sig ut för att göra affärer i utkanten av lagen.

"Vet du vad du ska arbeta med?"

Rost återkallades till verkligheten av Sigurd Strömbergs röst. Var kommissarien tankeläsare? Troligen inte, det var nog bara ett sammanträffande.

"Jag vet inte mer än att Stig behöver någon som hjälper till under tiden som hans assistent Eva Graube är ledig för att arbeta i familjens företag. I morgon ska jag möta Alm på Stockholms central."

Kommissarie Strömberg hade hört om Eva Graubes ledighet. Hon hade varit sekunder från att bli mördad av en galning som hade bedragit hennes far.

Strömberg hade säkert fler frågor men hejdade sig och föreslog en promenad i grannskapet.

"Då får du tillfälle att bekanta dig med omgivningarna. Det finns en del att se som du nog kan ha nytta av framöver."

Vera stannade hemma för att varva ner efter arbetsdagen. Mycket av hennes tid på barnmorskemottagningen ägnades åt rådgivning. Tonårsflickor behövde en vuxen som lyssnade på sådant som de inte kunde tala om hemma. Det mesta var lätt att hantera men det fanns också sådant som fick henne att känna att hon inte räckte till. Dagens sista besök hade varit en livrädd fjortonåring som ville göra abort utan sina föräldrars vetskap. Efter ett långt samtal hade flickan rusat på porten. Vera hade blivit sittande bakom sitt skrivbord så länge att hon missade sitt tåg.

Befriad från sin väska tog Rost in mer av omgivningarna nu än när han anlände. De passerade en uteservering med ett fåtal gäster, ett par restauranger, tipsombud, frisör och en boulebana, allt omgivet av grönytor och fullt utvuxna träd. Det fanns få tecken på vandalism. En parkbänk hade fått ryggstödet sönderbrutet, ett elskåp hade fungerat som klotterplank men det tillhörde undantagen. Det första intrycket av att området var på väg att changera mildrades när han såg mer än sitt värdfolks husfasad och rabatter.

"Här finns fortfarande social kontroll som fungerar", förklarade kommissarien.

"När något skadas ser förvaltaren till att det lagas omgående. På så vis har den här delen av staden klarat sig undan förfall."

Det var inte många som rörde sig utomhus. En äldre gentleman, säkert närmare åttio, hälsade på Strömberg som presenterade mannen som moderat kommunalråd. Han förklarade dessutom att Rost var en poliskollega som skulle bo hos honom ett tag framöver. Det var inte riktigt lyckat, även om kommunalrådet knappast var något blivande spaningsobjekt.

Tre ynglingar med bakvända kepsar och skateboards passerads med lyfta händer till hälsning.

"Jag känner dem sedan tidigare. Lite bus men inga grövre saker."

Övriga flanörer mötte de utan några kommentarer från kommissarien. Men han granskade dem noga, det lade Rost märket till. En vana sedan tiden som polis kanske. Rost hade själv något av samma beteende och blev förvånad när vittnen inte kunde beskriva personer som uppehållit sig i deras närhet. Efter trekvart var de tillbaka i lägenheten. Vera tog emot i hallen.

"Jag har maten färdig om en halvtimme och i dag ska du vara vår gäst. Jag hoppas att du tycker om lammgryta."

Lammgrytan var en god överraskning. I fortsättningen skulle Rost inta sina huvudmål på stan. Vera höll igång samtalet med frågor om livet i Umeå. Hon fick veta att vintern var lång och att myggen var oräkneliga under den korta sommaren. Till fördelar räknades ett lugnt tempo och orörd natur. Nej, han hade inte fast sällskap, det hade inte blivit så.

Efter kaffet återvände Rost till sitt rum för att vila på sängen. Dagen hade inletts i Umeå tidigt på morgonen. Resan hade gått bra men ändå tagit på krafterna. Det var verkligen skönt att koppla av ensam. Vid nio skulle hans värdfolk se Aktuellt, de hade försäkrat honom om att han var välkommen att göra dem sällskap. Ingen av dem anade att det var både den första och den sista gången som de såg teve tillsammans.

***

Måndag morgon var det fullt dagsljus när Bengt Rost vaknade efter sin första natt i Södertälje. Klockan, som skulle ha väckt honom vid sex, visade kvart i sju. Kanske hade den inte fungerat? Eller hade han gjort fel när han ställde väckningen? Frukost serverades vid sju, det var hög tid att sätta fart. Han klädde sig hastigt och smög ut till sin toalett. När bestyren där var avklarade fann han Vera med frukosten framdukad i köket. Hon undrade om han saknade något. Rost konstaterade att allt han hade väntat sig och lite till var framdukat. Han tackade och Vera lämnade hon honom ensam.

Rost var sen, det fanns dessvärre inte tid till en, enligt hans uppfattning, anständig frukost. När han gav sig av mot stationen hade han en halväten smörgås i handen. Sitt värdfolk hade han inte sett till sedan Vera lämnade honom. Hon hade återvänt till sovrummet och Rost föredrog att inte störa.

Pendeltåget avgick i rätt tid och rullade in på Stockholms Central kvart i nio. I den norra delen av stationshuset hittade han serveringen där han skulle möta Stig Alm. En kvart senare dök Alm upp och gjorde som de hade kommit överens om. Han passerade framför Rosts bord utan att ägna honom en blick. Rost räknade till tio innan han tömde de sista kaffedropparna och följde Alm på avstånd.

Stig Alm hade förklarat proceduren. Rost skulle arbeta *undercover*, vara Alms ögon och öron utan att vare sig kollegor eller de som var föremål för spaningen anade något. Så hade Rost aldrig kunnat verka i Umeå. Han var alltför välkänd som den godmodige polisen som först hade patrullerat i uniform och därefter jagade brottslingar i civila kläder. Stig Alm var inte lika känd av allmänheten i Stockholm men de flesta polisanställda visste vem han var. Alla kollegor var inte fläckfria lagens tjänare. Några hade en fot i vartdera lägret, uppträdde utåt som ordningsmaktens väktare men sålde också villigt sina tjänster till den undre världen. Det var anledningen till att Alm hade bett om att få Bengt Rost till hjälp.

Vid Uppsalapendelns plattform bordade först Alm och sedan Rost den sista vagnen i tåget och tog varsin fönsterplats. Det var först när de hade klivit av i Uppsala som Alm hälsade på Rost och undrade hur natten hade varit. Alm tog täten mot Olof Palmes plats där ett café höll öppet för sugna resenärer. Rost var otålig och det gällde inte enbart ett tillfälle att komplettera frukosten med ett wienerbröd. Det var först nu som han skulle få veta varför Stig Alm hade frågat efter hans hjälp. Alm hade dessvärre ingen brådska att komma till sak. Han ville veta hur det var att bo hos paret Strömberg. Rost hoppades att ett kort svar skulle räcka.

"Helt okej, bra säng och egen toa."

Det var inte tillräckligt för Stig Alm.

"Men Sigurd och Vera då? Fungerar det bra med dem."

Vad är han ute efter? Rost blåste på det varma kaffet och tog sedan en slurk innan han svarade:

"Hur menar du? De hyr ut till mig, är vänliga och tillmötesgående. Mer kan man inte begära."

Nu var det Stig Alm tur att dröja med svaret. Det fanns något som han ville ha svar på men inte kunde fråga rakt ut.

"Jag tänkte nog mest på…, nja, glöm det. Ska vi ägna oss åt dina kommande uppgifter?"

Överflödig fråga. Rost ställde ifrån sig koppen och var beredd.

"Sedan ett par år har det kommit uppgifter om att många taxiägare pressas på pengar. De tvingas betala avgifter till kriminella. Det kostar att etablera sig och det kostar att köra. Det drabbar främst friåkarna som inte har mycket annat att välja på än att betala."

Dyra är de också, det visste Rost. De extra avgifterna var kanske en del av förklaringen? Men vad ville Alm att han skulle göra åt saken?

Alm fortsatte: "Du ska etablera dig som friåkare, eller det ska se ut som om du är på väg att starta en taxirörelse."

Det syntes på Rost att han tvivlade på idén.

"Menar du att jag ska starta eget? Sämre företagare få du leta efter!"

Det var nog en del av anledningen att Stig Alm hade valt Rost för uppgiften. Det behövdes någon som föreföll okunnig, gärna naivt optimistisk, någon som enkelt kunde förmås att betala det som krävdes för att få jobba ostörd. Bengt Rost var ingen dumbom men när det kom till affärer var han oerfaren och det skulle säkert märkas.

"Det gör inget om du verkar vara ett lätt offer för utpressning. Det kommer att locka fram skojarna."

Rost hade fler invändningar:

"Men jag hittar ju inte här."

"Det är du långt från ensam om bland de som kör taxi."

"Jag har ingen bil", fortsatte Rost.

"Det är nog det minsta problemet. Våra spanare har taxibilar som vi kan låna om det skulle behövas."

Stig Alm hade svar på alla invändningar. Han hade tänkt igenom planen och den skulle testas så snart som möjligt.

"Du har fått ett arv. En halv miljon i kontanter, som du är beredd att investera."

Rost verkade inte övertygad.

"Vem skulle jag ha ärvt. Jag känner ingen som är värd en halv miljon. Mina närmsta släktingar är dessutom krya och hänger säkert med åtskilliga år till."

"Du får hitta på! En okänd morbror i Amerika har avlidit och testamenterat till sina systerbarn."

"I så fall ber vi om påfyllning. Jag tar av arvet och bjuder!"

Både Rost och Alm fick påfyllning, det ingick faktiskt i priset. Rost tog dessutom en giffel som sattes upp på notan.

Återresan till Stockholm gjorde de var för sig, Alm först och Rost tjugo minuter senare. Rost hade en del att tänka på. Han skulle ägna resten av dagen åt att bekanta sig med Stockholm City, göra några kortare turer med friåkare och höra vad de trodde om hans planer på att starta eget, kanske anställa en chaufför. Om någon verkade intresserad skulle han lämna numret till sin mobiltelefon. Han hade fått tips om ett par matställen som var populära bland taxifolket. Där skulle han ge sken av att behöva anställa ett par chaufförer när han kom igång med verksamheten. Han skulle inte sticka under stol med att han saknade erfarenhet och gärna tog emot goda råd.

Den första taxituren gick från Stockholm Central till Djurgården. Den tog en kvart och kostade honom trehundrafemtio kronor. Det var mer än dubbelt mot vad en lika lång resa kostade i Umeå men han var beredd. Alm hade gett honom ett kuvert med pengar till utlägg.

"Se till att få kvitton!"

Det hade inte blivit någon reaktion på hans planer att starta eget. Rost var osäker på om den manliga chauffören inte förstod, eller om han inte var på prathumör. Det hade behövts flera uppmaningar innan han hade insett att Rost inte skulle lämna bilen utan ett kvitto.

Djurgården var inte helt främmande för Rost. Som barn hade han besökt Skansen och Gröna Lund tillsammans med sin mor och en moster. Han hade inte varit mer än åtta år och det starkaste minnet var Lustiga Huset med speglar och en trappa delad i två halvor som rörde sig omväxlande upp och ner. Nu var det inte mycket som han kände igen. Lustiga huset fanns där men inte så som han mindes det. Mycket hade ändrats och han hade inte längre barnögon att se med. Djurgården var värd ett helgdagsbesök med det fick bli en annan gång. Det var dags för lunch och den skulle intas på ett taxifik. Nästa tur gick till Kungsholmen med en bil från Taxi Kurir. Den kvinnliga chauffören uppmanade honom att använda arvet till något roligare.

"Långa väntetider, sur mage och en värkande rygg är allt du får som friåkare."

Lokalen var nästan full och taxifolket var i klar majoritet. Rost såg inget ledigt bord vilket för hans vidkommande var en fördel. Det var inte maten som var huvudskälet till besöket, han var där för att träffa kollegor i sin blivande profession. Han tog sikte på ett bord för fyra där tre platser redan var upptagna. Fyllda glas och sallad men ingen mat på bordet betydde att de tre skulle bli sittande den närmaste halvtimmen. Rost lade handen på den lediga stolsryggen och mannen mittemot nickade bifall. Samtalet vid bordet hade avstannat men fortsatte genast sedan han hade slagit sig ner. Ingen av de tre tog någon vidare notis om nykomlingen.

Rost fick strax en matsedel i handen. Det fanns sex rätter, vilken skulle han välja? Det var ett bra läge att fråga om råd och samtidigt ett sätt att ta kontakt. Till höger hade han en mörkhyad och svarthårig man något över trettio.

"Dagens är alltid bra. Det är kåldolmar med potatis och lingonsylt. Ta den så kan du förpesta luften om någon klagar på din körning."

Säkert ett stående taxiskämt när det fanns något gasbildande på menyn.

24

"Jag kör inte än", förklarade Rost. "Men snart kanske. Jag har planer på att ta taxikort."

Kåldolmar fick det bli och det visade sig också vara vad två av hans bordsgrannar hade valt. Den tredje, en ljushyad man i övre medelåldern, hade beställt en fiskrätt.

"Kör för Taxi Stockholm", föreslog han med ett belåtet smil.

Med isen bruten blev Rost insläppt i gemenskapen. Fiskmannen kallades Lasse, den mörkhyade var Bobby och den tredje, även han medelålders, men i motsats till Lasse och Bobby redan kal på hjässan, presenterades som Gurra. Rost förstod snart att Bobby och Gurra hörde till friåkarna. De hyrde sina bilar från ett garage på Lidingö.

"Rena slavgörat", upplyste Gurra. "Och bilen är så sunkig att kunderna backar. Men du ska kanske ha en egen bil?"

Rost blev lite vag med svaret.

"Det beror väl på. Först vill jag veta mer om vad det kostar att komma igång."

Bobby lade ifrån sig besticken och svalde innan han vände sig mot Rost.

"En bil som står tjänar inte in något. Du måste ha någon som kör din egen bil när du själv gör något annat."

Där släppte man taxilivets avigsidor och återvände till det som hade intresserat innan Rost hade anlänt. Måndagskvällar satt de mest och väntade på att få en körning. Gurra hade föreslagit att de skulle ställa bilarna och ägna sig åt Stockholms nattliv. Bobby hade inte varit svår att övertala men Lasse behövde tänka på saken. Han hade kvällspasset och kunde inte hoppa av utan vidare.

"Du har väl rätt att vara sjuk som vi andra", föreslog Gurra. "När hade du en sjukdag senast?"

Lasses sjukdagar var lätträknade. På taxijobbet hade han varit sjukledig en enda gång. Vinterkräksjuka hade tvingat honom att stanna hemma och det hade gått nästan två år sedan den malören. Men att ta till sjukskrivning för att kunna festa en kväll, det var inte Lasses stil.

"Jag hittar en ersättare. Och du Bengt, du hänger väl också med?"

***

På Dagö började veckan med överlämning till förmiddagens skötare. Lusen hade varit svårväckt, svårare än på länge, och sedan genast somnat om. Doktor Heinz gjorde en anteckning. Kanske behövde dosen av *Dagö Cocktail* minskas något. Inte så att Lusen blev orolig och störande. Det hade visst hänt tidigare under vårdtiden.

Resten av överlämningen ägnades åt fika och gemensamma intressen. Mest hade de synpunkter på vilka bilar som passade på norrländska vägar. Det vägde jämt mellan Saab och Subaru. Efter tjugo minuter ansåg doktor Heinz överlämningen avslutad och lät skötarna förstå att han ville ha sitt arbetsrum för sig själv.

Det som var skrivet om Lusen rymdes på ett halvt hyllplan i det gröna arkivskåpet. Heinz tog med sig pärmen märkt *Förundersökning* till soffan, där han gjorde det bekvämt för sig med en kudde bakom ryggen.

Det var i stort sett så som han mindes det. Trots uppväxt med ordnade hemförhållanden hade Lusen tidigt blivit alkoholberoende. När han började det andra året på gymnasiet behövde han en återställare varje morgon. Han hade skolkat från lektioner och han drivit runt i staden med för det mesta panka kamrater som sällskap. En sextioårig delvis förlamad man som arbetade ensam i en tobaksbutik hade blivit deras första offer. Under de följande tio dagarna hann Lusen och två kumpaner med ytterligare tre rån. Det tredje borde de ha avstått ifrån. När de kom ut på gatan möttes de av två poliser. Poliserna hade satsat på Lusen som inte var snabbfotad och låtit de andra två löpa. På den vägen blev även Lusens första tre rån snabbt uppklarade. Påföljden hade blivit samhällstjänst, gymnasiet återvände han aldrig till.

Doktor Heinz lade ifrån sig pärmen och tog en slurk av det han hade kvar i kaffekoppen. Det var en historia som han hade hört och sett flera gånger tidigare. Pengar till att finansiera missbruk var drivkraften vid många vardagsbrott. Den kvinnliga varianten hade han också sett. Skillnaden var vägen till pengarna.

Nästa gång Lusen var ett polisärende hade det handlat om langning. Äldre kumpaner köpte ut från systemet och Lusen sålde till minderåriga. Det hade resulterat i ett år på ungdomsvårdsskola. Det året var, i motsats till tiden på gymnasiet, ett lärorikt år. När Lusen åter var fri visste han det mesta om knarkmarknaden och hade dessutom användbara kontakter. Lusen lånade sitt kapital mot ockerränta, köpte partydrogerna i parti och sålde till stadens innefolk. Det kunde ha gått vägen om det inte hade varit för hans klena matematikkunskaper. Skulderna ökade hela tiden och långivarna hade blivit allt mer hotfulla. Lusen hade börjat tulla på sitt lager trots att han visste att det var en farlig väg. Det var en av hans långivare som hade erbjudit honom att avbetala genom att ta uppdrag.

Han hade inte tvekat att misshandla sina olycksbröder. Alternativet kunde bli en kula i den egna pannan som varning till andra skuldsatta. Det hade blivit många uppdrag fram till dess en dödlig misshandel, vid sidan av de betalda uppdragen, hade fört honom till domstol och vidare till Dagö.

Larmet hade kommit en fredag tolv minuter före midnatt. *Misshandel utanför nattklubb, en person ligger på trottoaren.* Det fanns flera vittnen till det inträffade och gärningsmannen var välkänd. Kvinnan på trottoaren hade besökt nattklubben tillsammans med tre väninnor. Strax före midnatt hade de gått ut för att röka. Där fanns redan sex personer ute i samma ärende. En av de sex var Lusen, högljudd och allmänt stökig som vanligt. Lusen hade slut på sina cigaretter. När han såg en kvinna bjuda sina väninnor hade han gått fram och tiggt om en cigg. Kvinnan hade svarat honom något lågmält, något som inget av vittnena hade uppfattat, varpå hon genast fick ett slag mot ansiktet så att hon föll omkull. Lusen hade sedan fortsatt med sparkar mot kropp och huvud och hade inte slutat förrän han blev övermannad av två manliga vittnen. Kvinnan dödförklarades tre timmar senare på regionsjukhuset.

Lusen hade försvunnit innan de första poliserna anlände men hittades en halvtimme senare sovande på en parkbänk. Han hade förnekat alla minnen av det inträffade.

Det hade inte varit något problem med bevisningen, konstaterade Heinz. Händelseförloppet var klarlagt med undantag för vad det var som kvinnan hade sagt som sedan utlöste misshandeln. Ingen hade hört och Lusen påstod att han inget mindes.

Innan domen kunde fastställas gjordes en psykiatrisk utredning. Vad den hade kommit fram till visste Heinz redan. En hjärnskada av mångårigt missbruk och felnäring var orsaken till det inträffade. Lusen var affektlabil och oförmögen att kontrollera sina handlingar när han provocerades. Domstolen kunde endast döma till rättspsykiatrisk vård. Den vården hade i normalfallet någon av landstingets kliniker tagit hand om, men så hade det inte blivit. Regeringen hade sista ordet och regeringen hänvisade till kliniken på Dagö. Varför? Det visste inte Heinz och ingen annan än den beslutande ministern.

Kapitel 3

Vid kvart över nio klev Bengt Rost in genom dörren till Soldaten Svejk på Östgötagatan. Trion från taxifiket stod redan vid bardisken försedda med tjeckiskt fatöl i generösa bägare. De hälsade Rost som om de redan var kollegor. Rost fick snabbt en bägare i handen och tog ett par djupa klunkar för att komma ifatt. Ölen var lagom besk och hade en tydlig maltsmak, det passade honom bra. Det var inte ofta det gick att förena nytta med nöje men kvällen verkade redan lovande. Efter ett par tre omgångar skulle det förtroliga samtalet komma igång. Han skulle styra det mot de kärva villkoren för friåkare. Bobby och Gurra hade säkert en hel del att berätta.

När den andra sejdeln i det närmaste var tömd blev de anvisade ett ledigt bord. Menyn var anslagen på väggen och valet var inte svårt. Det blev Schnitzel till samtliga och en ny omgång dricka. Bobby nämnde, som i förbigående, att han inte hade någon körning nästa dag. Nu, när de hade kommit igång och trivdes, kunde de lika gärna låta det bli en helkväll.

Vid halv tolv lämnade de Soldaten Svejk tillsammans, men det var endast tre av dem som drog vidare till nästa ställe, en bar på Skånegatan som höll öppet till tre. Lasse, som hade slutat dricka efter den andra rundan för att vara fräsch nog att arbeta nästa morgon sa "hej då" och "vi ses vid lunch någon gång." Bengt Rost var tacksam att han hade två polare med lokalkännedom i sällskap. I mörkret hade han ingen uppfattning om väderstreck och tre bägare öl (eller var det fyra?) gjorde inte saken bättre.

På Skånegatan var stämningen lika hög som nivån på musiken. En rockgrupp med elgitarrer och ett trumset omöjliggjorde all verbal kommunikation. Plats vid bord var inte att tänka på. Rost armbågade sig fram till bardisken för att fånga bartenderns uppmärksamhet. Efter ett par försök lyckades han beställa tonic utan gin. Han var i tjänst, han var ute i natten för att finna tecken på utpressning, eller i varje fall knyta användbara kontakter. Ingetdera skulle ske på Skånegatan, det såg rockgruppen till.

En halvtimme senare hade hans två ciceroner fått nog av det musikaliska och bestämt sig för att avsluta kvällen på ett lugnare ställe. En av Bobbys taxivänner bjöd dem på den korta turen till Tidde. Rost räknade sju parkerade taxibilar innan han följde Bobby och Gurra in i lokalen.

Skillnaden mellan Tidde och Skånegatan kunde inte ha varit större. De hade lämnat fullt hålligång och anlände till ett dämpat sorl från ett tiotal chaufförer som väntade på morgonkörningar. Rost och Bobby beställde kaffe, Gurra föredrog te. Klockan hade blivit tio över tre, de satt tysta vid ett eget bord. Gurra försökte dölja en gäspning, Bobby blundade och Rost önskade att han låg i sin hyrda säng. Alla tre kvicknade till när de beställda smörgåsarna anlände. Snart skulle de skiljas åt och Rost måste se till att inte tappa kontakten med de tilltänkta kollegorna. Stig Alm hade försett honom med visitkort, adressen var Alms hemadress och telefonnumret gick till mobilen. Varken Gurra eller Bobby hade några invändningar mot att hålla kontakt. Han fick deras kort och lämnade sitt eget. En av Bobbys kompisar körde honom till Södertälje för trehundra kronor. På kvittot stod det åttahundra.

"Det kan vara bra att ha om du drar av", förklarade Bobbys kompis. Rost kände att något i resonemanget inte stämde men var för trött för att se var problemet fanns.

När bilen hade lämnat stod han helt ensam på gatan. Överallt i huset var det mörkt utom i ett fönster två trappor upp. Inga ljud hördes men om ett par timmar skulle de boende vakna, slamra med dörrar, spola i badrummen, sätta på teven för att se morgonnyheterna. Han stängde dörren mot gatan så tyst som han förmådde, fann knappen till belysningen och smög sedan uppför trappan. Efter lite fummel fick han även in nyckeln i låset till Strömbergs lägenhetsdörr och försökte vrida, men det var helt stopp. Han blev stående en stund innan han kom på att pröva handtaget. Dörren var olåst, mitt i natten! Var de rädda att han inte hade tagit med sin nyckel? De visste att han skulle komma sent och ville kanske inte bli väckta? Rost smög in i hallen, stängde dörren bakom sig och låste sedan två varv med nyckeln. Han blev stående i mörkret och lyssnade efter tecken på att någon var vaken. Hyresrummet låg rakt fram och dit tog han sig utan att behöva tända, ett steg i taget till dess han nådde dörren. Den stod lite på glänt. Han mindes inte att det var så han hade lämnat den. Naturligtvis kunde hans värdfolk behövt något som fanns i rummet och sedan inte stängt dörren helt. Han ville inte tro att de hade varit inne för att snoka. Det var först när han hade stängt sin dörr och tänt ljuset som han förstod att det inte stod rätt till.

Ingen hade snokat, någon hade metodiskt sökt igenom rummet och hans tillhörigheter. Allt han hade haft i garderoben låg på sängen, lådorna i byrån var utdragna och det mesta av innehållet låg på golvet. Det var en scen som han hade mött åtskilliga gånger när han hade blivit kallad till inbrott i hus och lägenheter. Ingenting verkade fattas, till och med kameran och datorn fanns kvar. Hade tjuven blivit skrämd och flytt utan att få med sig något? Han var tvungen att väcka sitt värdfolk för att få en förklaring.

När han kom in hade han smugit i mörkret genom hallen, förbi dörren tillvardagsrummet, förbi köksdörren och dörren till Strömbergs sovrum. Nu tände han i hallen och såg för första gången att hallbyråns lådor var utdragna och en del av innehållet låg på golvet. Dörrarna till vardagsrummet, köket och Strömbergs sovrum stod halvöppna. Då måste han väl vara ensam i lägenheten? Varför hade ingen ringt honom och talat om vad som hade hänt? Rost gick direkt på Strömbergs sovrum för att få sina misstankar bekräftade.

Det var först när Rost tände i sovrummet som den hemska sanningen avslöjade sig. Han var inte ensam, Vera och Sigurd

Strömberg fanns i sängen, men det var något som inte stämde. Ingen av dem reagerade när ljuset tändes, inte minsta rörelse. Rost såg blodet redan från dörren. Det var ingen tvekan, hans värdfolk hade mött en våldsam död. Rost backade ut ur sovrummet, stängde dörren, återvände till sitt hyresrum och sjönk ner i den röda fåtöljen. Vem skulle han larma? Två mordoffer, en pensionerad poliskommissarie och hans hustru, det var en stor sak. Närmast var det till närpolisen i Södertälje. Vad kunde de uträtta? I Umeå hade det varit ett enkelt beslut. Det hade varit kollegorna på hans egen station som hade fått larmet. Lösningen var naturligtvis att ringa Stig Alm.

En sömning röst svarade till slut. Sedan tog det inte många sekunder för Alm att inse allvaret.

"Hörde eller såg du något när du kom tillbaka?"

"Det lyste i ett fönster på tredje våningen, annars var det mörkt och tyst."

"Hade de verkat oroliga? Vet du om de väntade besök?"

"Oroliga, nej absolut inte. Jo förresten, Sigurd verkade faktiskt orolig när Vera kom hem sent från jobbet. De sa inget om något besök. Men hur gör vi? Vem ska larmas?"

"Du stannar. Jag larmar själv. Jag är hos dig om en halvtimme."

Rost väntade på Alm i sitt hyresrum. Ingen skulle få anledning att anklaga honom för att trampa runt på brottsplatsen i onödan. Nu, när han inget mer kunde göra, slog det honom att hans egen situation inte var den allra bästa. Någon, men knappast Stig Alm, kunde fatta misstankar mot honom själv. Han hade haft tillfälle, han hade varit på plats och han skulle ha kunnat avlägsna alla spår från sig själv i sovrummet innan han larmade. Men vad skulle motivet ha varit? Inte för att motivet har stor betydelse. Vansinnesdåd utförs av obegripliga orsaker.

Rost väcktes ur sina tankar av en ihållande signal från porttelefonen. Han gick med långa kliv genom hallen och hittade knappen som låste upp porten mot gatan.

"Du ser bedrövlig ut", var Stig Alms första kommentar.

Det var sant, men det var ingenting mot hur han kände sig. Natten hade varit lång, han hade druckit mer än tillräckligt och sedan chocken vid hemkomsten. Han kände sig som en boxare som för tredje gången hade lyckats resa sig på nio. Stig Alm var inte heller helt fräsch. Han hade inte sovit mer än ett par timmar när han fick larmet, fast det var inget som Rost lade märke till.

"Jag är rädd att jag missbedömde situationen", kom det som ett vagt erkännande från Alm.

"Vilken situation? Hurdå missbedömde?"

"Det fanns en hotbild."

Det blev tyst en stund innan Alm fortsatte:

"En intern som släpptes för ett par veckor sedan hade hotat att hämnas på den som satte fast honom. Han hade avtjänat åtta år av ett tolvårigt straff för grovt narkotikabrott. Det var till stor del Sigurds vittnesmål som gjorde att straffet blev långt. Andra åtalade klarade sig med två eller tre år."

"Var det därför som du ordnade att jag skulle bo här?"

Alm var tvungen att tänka innan han svarade.

"Inte enbart. Du behövde någonstans att bo och det här var ett av de bättre alternativen. Annars kunde det ha blivit hos en grinig hyrestant som bara var intresserad av dina pengar."

Inte enbart skulle nog tolkas som att hotbilden var ett argument som vägde tungt. Det hade kanske fungerat om Alm hade sagt något tidigare.

"Vad gör vi nu?"

Rost anade i stora drag men ville ändå få det bekräftat.

"Vi tar en titt tillsammans."

Alm fiskade upp två par skoskydd ur väskan som han alltid hade i beredskap där hemma. Sedan handskar från samma väska. Sist en kamera som inte var större än att den gick ner i fickan.

"Du går före och kliver på samma ställen som tidigare."

Stig Alm följde bokstavligen i Rosts fotspår genom korridoren. Rost öppnade sovrumsdörren som han hade stängt efter den grymma upptäckten. De blev stående innanför dörren och granskade golvet. Där syntes inget anmärkningsvärt. Ett par filttofflor låg nedanför sängen på Sigurds sida. En bok låg på nattduksbordet tillsammans med glasögon och en armbandsklocka. Läsglasögon, antog Rost som inte hade sett sin värd bära glasögon under dagen.

"Det räcker att jag går in", meddelade Alm.

Det hade Rost inget emot, han hade redan sett tillräckligt. Stig Alm närmade sig sängen steg för steg och stannade någon meter från fotänden. Det var utan tvekan kollegan Sigurd Strömberg som låg på rygg med lakanet neddraget till hälften över bröstet. Ansiktet och bröstet var delvis täckt av levrat blod. Det fanns inga tecken på kamp. Kvinnan vid hans sida låg halvt vänd mot sin make. Hennes blodiga hår dolde det mesta av ansiktet. Han kunde inte svära på att det var Vera Strömberg men det fanns ingen anledning att anta något annat. Med sängkläderna i god ordning såg det ut som om även hon hade mött döden utan kamp. Stig Alm tog fyra kort från sin plats vid sängens fotände innan han återvände till Rost.

"Jag har sett nog. De är skjutna i huvudet. Det är rent för jävligt att Sigge och Vera skulle sluta sina dagar på det här sättet. De borde ha fått många fler år tillsammans."

"Kände du dem väl?" frågade Rost.

"Jag jobbade ihop med Sigge på åttiotalet när vi var vid Stockholmspolisen. Sedan, när jag började på rikskrim, tappade vi kontakten. Men jag har haft koll på vad han har gjort. Att sätta dit knarkligan för åtta år sedan var nog höjdpunkten."

"Hur var det med Vera då? Hon verkade trevlig, del lilla som jag såg av henne."

Rost menade det verkligen. Han hade svårare att komma över Veras död än kommissariens.

"Hon var Sigges andra fru. Hans första dog av blodpropp i lungorna. Jag har bara sett Vera på håll, aldrig lärt känna henne."

De slog sig ner i hyresrummet, Alm vid skrivbordet, Rost på sängen. Alm började med att ringa sin egen enhetschef, intendenten Anders Skarp. Rost hörde endast Alms del i samtalet. Det verkade till en början som om intendenten ogillade att bli störd i hemmet. Tydligen ändrade han sig när han förstod vad saken gällde.

"Ja, det är riktigt, Sigurd och Vera Strömberg har mördats i sitt hem."

" . . ."

"Det var kollegan Bengt Rost som larmade, han som hjälper mig under Eva Graubes frånvaro. Han är inneboende hos Strömbergs."

" . . ."

"Det fanns en hotbild. Sigurd Strömberg satte fast några knark-handlare för åtta år sedan. Huvudmannen, Torkel Elmgren, lovade att hämnas. Han släpptes ur fängelset för två veckor sedan."

" . . ."

"Jag förstår, utmärkt. Du har adressen?"

Där var samtalet slut. Rost undrade vad som var *utmärkt*.

"Det som är utmärkt är inte alls utmärkt. Skarp har bestämt sig för att vara förundersökningsledare. Han är minst sagt ringrostig efter tio år som pappersvändare."

"Men varför?"

"Ett polismord är en stor sak och det ser ut som om fallet redan är löst. Vi behöver bara hitta Torkel Elmgren. Skarp vill vara med och ta åt sig äran. Men säg inte att jag har sagt det."

Bengt Rost förstod. Det var likadant i Stockholm som i Umeå.

Kapitel 4

"Varför är ni två inte ute och hör grannarna?"

Det var intendent Skarps sätt att hälsa när han anlände en timme efter att han hade kungjort att han själv var förundersökningsledare. Nästa replik gällde Bengt Rost:

"Fan vad du ser ut. Stinker gör du dessutom!"

Det var en helt korrekt sammanfattning av Rosts uppenbarelse. Dessutom var insidan inte mycket bättre än utsidan. Helst skulle han dra sig tillbaka, sova till framåt elva och sedan tillbringa en halvtimme i badrummet för att återställa sitt yttre. Inget av detta såg ut att bli verklighet. Stig Alm hade ett ögonblick övervägt att be Rost knacka på hos de som bodde i samma trappuppgång men snabbt ändrat sig. Vad skulle de tro när de utanför sin dörr fann en något överviktig man märkt av en väl genomförd barrunda? Men intendentens fråga måste besvaras.

"Jag ville inte släppa ut Bengt. Han är ju på sätt och vis misstänk. Jag var tvungen att hålla honom under uppsikt här på plats."

Den förklaringen var inte sämre än många andra som intendenten hade hört från poliser i yttre tjänst.

"Struntprat, det är Torkel Elmgren som har gjort det här. Sa han inte att han skulle hämnas? Gå nu och ta reda på om grannarna har sett honom!"

Skarp pekade med hela armen mot dörren till trapphuset.

"Vad säger vi om någon undrar varför?" frågade Alm.

Det var en bra fråga. Hur mycket spring skulle det bli i trappen om sanningen genast kom fram? Media skulle vara på plats före tekniker och rättsläkare.

"Ni svarar att det har varit en *incident*, det räcker som förklaring."

Alm hoppades att de skulle slippa den självklara följdfrågan.

37

Klockan hade hunnit bli halv sju när Alm knackade på hos Strömbergs båda grannar på samma våningsplan. Bengt Rost höll sig bakom Alm för att märkas så lite som möjligt. Hos den första fick de inget svar. Hos den andre fick de förklaringen:

"Hans Lundgren är sällan hemma. Han bor mest hos sonens familj i Solna."

Alm frågade om Olander, grannen som hade öppnat, hade blivit störd under natten. Om han hade lagt märke till något ovanligt.

"Nej, ingenting alls. Har det hänt något?"

Han sneglade mot Rost, anade att den figuren på något sätt var inblandad.

"Bara en *incident.*"

"Vad då, något här i huset?"

Där tackade Alm och skyndade uppför trappen till nästa våning med Rost flåsande i hälarna. För att spara tid ringde han på alla tre dörrar samtidigt. Det var helt rätt, endast den märkt *Schulz* öppnades. Alm visade sin legitimation.

"Ledsen att störa men vi har haft en *incident* i huset så jag vill fråga om du har hört eller sett något i natt?"

Schulz, iförd morgonrock och tofflor hade utan tvekan blivit väckt för tidigt. Han blinkade mot ljuset i trapphuset och kvävde en gäspning innan han svarade.

"Vad skulle det vara? Jag kom hem vid fyratiden. Störde jag någon?"

Stig Alm kastade en blick mot Rost som skulle betyda *det här kan ge något!*

"Det är sent att komma hem eller kanske tidigt på morgonen. Hur kommer det sig?" undrade Alm.

Schulz hade fått nog av den frågvisa polisen och hade dragit igen dörren om inte Rost hade placerat sin fot i öppningen.

"Om någon har klagat är det inte mitt fel. Jag rår inte för att hissen väsnas. Nu vill jag sova vidare."

Alm, som hade sett Rosts fotmanöver, förstod att han hade gjort ett gott val när han bad Rost att komma till NOA. Det var sådant som man inte lärde ut på polisskolan men likväl oumbärlig kunskap för poliser och ambulerande försäljare. Rost hade fortfarande foten strategiskt placerad och Stig Alm sökte ett sätt att göra den nyväckta grannen samarbetsvillig.

”Nej, ingen har klagat. Tvärtom, det är bra att du kom hem vid fyratiden. Du kanske såg eller hörde något ovanlig. Men först, hur kommer det sig att du kom hem så sent?”

Schulz piggnade till något av Alms uppskattande ord. Det var inget konstigt med att han kom hem långt efter att resten av de boende hade somnat. Restauranger håller öppet så länge som det finns gäster i lokalen och de anställda stannar ännu längre. Schulz, som var kock, var aldrig hemma före tre när han arbetade. Den här natten hade affärsfolk från Norrköping stannat till halv tre. De hade druckit rejält och lämnat dricks som motsvarade den sena timmen. Gästerna såväl som personalen hade varit nöjd när de till slut bröt upp. Stig Alm fann förklaringen rimlig.

Nu hade Schulz glömt den första delen av frågan så Alm ställde den igen.

”Du kanske såg eller hörde något ovanlig. Någon person eller bil som inte brukar vara här?”

Schulz hade drömt när han väcktes och hade svårt att skilja drömmen från hur det faktiskt hade varit under natten. Drömmarna dominerades av kvinnor och bilar. Men visst hade han parkerat bakom en bil som han inte hade sett tidigare när han kom hem? En blå Vectra kombi. En ovanlig modell med ett blänkande *V6* på bakluckan.

”Kommer du ihåg något av registreringsnumret?” undrade Stig Alm.

Nej, det gjorde han verkligen inte. Han hade endast lagt märke till att det var en bil som han inte hade sett tidigare.

”Såg du någon människa i närheten? Satt det någon i bilen?”

Svaret var nej på båda frågorna.

"Hör av dig om du kommer ihåg något mer!"

Alm gav honom sitt visitkort innan han och Rost gick vidare. Det var först när Schulz åter låg i sin säng som han undrade vad besöket egentligen hade handlat om.

Tjugo minuter senare återvände Alm och Rost till Strömbergs lägenhet utan att ha fått några andra tips än den parkerade Vectran. De hade varit ute och konstaterat att det fortfarande fanns en lucka stor nog för en parkerad bil framför Schulz vita Golf.

Rättsläkaren och det tekniska teamet från NOA hade anlänt under deras frånvaro. Läkaren hade redan lämnat efter att ha konstaterat att båda offren hade blivit skjutna genom huvudet från nära håll med ett finkalibrigt vapen ungefär fem timmar tidigare. Teknikerna var fortfarande i färd med att säkra spår. Intendenten hade installerat sig i Rosts hyrda rum. Han hade greppat situationen och var beredd att leda.

"Rost lämnar sina skor till teknikerna. Sedan tar ni båda första flyg till Göteborg och hämtar Torkel Elmgren."

Besynnerligt, tänkte Alm. Han var tvungen att fråga varför de skulle söka Elmgren i Göteborg om han var misstänkt för nattens dubbelmord i Södertälje? Intendent Skarp hade svaret:

"Elmgren är en slipad skurk. Han har anmälningsplikt varje tisdag. Han är tvungen att vara tillbaka i Göteborg i dag. Så fort som han var färdig här återvände han mot Göteborg i sin Vectra. Ni två ska se till att han inte kommer undan."

Det lät långsökte men inte helt orimligt. Torkel Elmgren hade hotat att hämnas. Men varför hustrun? Det var inte hon som såg till att Elmgren och hans kumpaner åkte dit. Stig Alm var inte övertygad om att hämndspåret var det rätta. Det såg mer ut som om mördaren hade haft anledning att röja undan både Sigurd och Vera Strömberg och att få det gjort vid ett och samma tillfälle. Men nu var intendent Skarp både deras chef och förundersökningsledare, det var bara att foga sig.

En timme senare lade uppmärksamma resenärer på Arlanda flygplats märke till en ovårdad överviktig man någonstans mellan trettio och fyrtio på väg mot säkerhetskontrollen med filttofflor på fötterna. Han hade sällskap av en smärt man i femtioårsåldern som säkerhetsfolket verkade känna. En uniformerad vakt hälsade honom som man hälsar på en bekant och såg undrande mot mannen i tofflor. Den smärte tyckets ha en förklaring som godtogs och sedan blev det hej och trevlig resa från vakten.

Bengt Rost rodnade av förlägenhet. Känslan var som i drömmen när han upptäcker att han är omgiven av främlingar (alla klädda) utan att själv ha en tråd på kroppen. Dessbättre, skoproblemet skulle snart få en lösning. Nu hade de en halvtimme på sig innan de skulle borda och den tiden skulle han använda till att köpa skor i avgångshallen.

Flyget mot Göteborg kom iväg på utsatt tid. Alm, som hade missat det mesta av nattens sömn, slöt ögonen redan när de taxade ut mot startbanan. Rost, som inte hade fått någon sömn alls, tog efter och slumrade snart men vaknade efter en halvtimme av att höger fot värkte. De nyköpta skorna hade varit något trånga, det hade inte funnits så mycket att välja på i den fashionabla taxfreebutiken och nu hade fötterna dessutom svullnat. Det fanns inga skosnören att släppa efter på, endast en resår över plösen.

"Mycket praktiskt", hade försäljaren försäkrat.

Skorna måste tas av, vilket inte var helt enkelt i det trånga utrymmet mellan stolsraderna.

Svårare ändå blev det att få på dem när de var framme. Då var skorna säkert ett par nummer för små, men Rost höll god min.

Klockan hade blivit tre när taxin släppte av dem vid polishuset på Stampgatan. Det var första gången som Bengt Rost besökte rikets andra stad och vädret kunde ha varit mer välkomnande. Det hade regnat ihållande redan på Landvetter flygplats och fortsatt på samma sätt hela vägen till polishuset. Mer välkomnande hade även mannen i polishusets reception kunnat vara. Det var först sedan Alm hade visat sin legitimation som han mjuknade något.

"Förlåt, jag tog er för…, ja, det gör detsamma. Vem sa du att ni söker?"

Rost hade gärna velat veta vad för slags ovälkomna besökare de liknade. En smart advokat tillsammans med sin blånekande klient? Var det skorna? De matchade inte riktigt klädseln i övrigt. Bruna finskor med ornament i italiensk stil verkade udda till allvädersjacka och jeans. De såg nästan ut att vara stulna.

Efter en kort väntan kom en civilklädd man i sextioårsåldern emot dem och presenterade sig som kriminalinspektör Anders Molander. Dialekten avslöjade genast att han var uppvuxen i eller nära staden. De följde honom till ett kontor på plan tre.

"Jag hörde att ni är intresserade av Torkel Elmgren. Vad har han ställt till med?"

Det önskade Alm att han var mer säker på. Hämnden hade kommit väl snabbt efter frisläppningen om det verkligen var Torkel Elmgren. Det var nästan säkert att den eller de som hade utfört dådet hade tagit sig in i lägenheten med nyckel. Hade Elmgren haft nog med tid för att lokalisera sina offer och skaffa en nyckel till deras lägenhet? Och varför Vera? Det var helt onödigt om hämnden endast gällde att han hade åkt dit för knarkbrott. Alm ville inte säga för mycket.

"Jag vet inte om han har ställt till med något alls men jag vill gärna prata med honom. Vet du om han har tillgång till en bil, en blå Vectra kombi?"

"En bil, skulle inte tro det. Inte en egen i vart fall. Möjligen kan han ha fått låna en."

Möjligen kan han ha stulit en bil, tänkte Rost som inte var på sitt bästa humör. Högerskon skavde på hälsenan.

"Har han körkort?" undrade Stig Alm.

"Skulle tro det, om det inte är indraget. Vi kan kolla i registret. Ska vi ta det på en gång?"

Det var kanske inte så viktigt, tänkte Rost. Den som är på väg för att mörda är nog inte nogräknad med körkort.

"Körkortet kan vi vänta med", avgjorde Alm, "men jag vill gärna veta om någon Opel Vectra V6 har anmälts stulen härikring sedan Elmgren släpptes."

Det tog kriminalinspektör Molander ett telefonsamtal och två minuter att få fram att ingen sådan bil saknades i Västra Götalands län.

Stig Alm hade undvikit att svara på *varför* han och Rost hade tagit sig till Göteborg för att tala med Torkel Elmgren. Det måste finnas någon form av misstanke. Kriminalinspektör Molander ville ha besked innan de gick vidare.

"Ni kom väl inte för att höra Elmgren om en bilstöld? Något annat måste det vara, eller hur?"

Det som Alm sedan berättade fick Molanders nackhår att resas.

"Varför har vi inget hört? Varför har ni inte efterlyst Elmgren?"

Det var två bra frågor som borde ha ställts till intendent Skarp. Det såg ut som om han tänkte lösa mordgåtan på egen hand och glänsa ensam när mördaren var infångad. Stig Alm visste hur intendenten tänkte, men höll inne med den kunskapen.

"Tanken är att vi snabbt tar ett samtal med Elmgren. Om han kan bindas till morden är saken klar, om inte larmar vi naturligtvis. Men vi behöver få tag i Elmgren. Var ska vi söka honom?"

Nu var det Molanders tur att komma med en överraskning: "Elmgren sitter i väntrummet en trappa ner. Vi hämtade honom från butiken där han arbetstränar när vi visste att ni var på väg."

Det var en oväntad vändning. Alm fann sig snabbt.

"Om han var på sin arbetsplats i morse måste han ha flugit hit om han är vår gärningsman. Det blir lätt att kolla. Vet du hur dags han börjar sitt arbete på morgonen?"

Molander var inte helt säker.

"Det är en livsmedelsbutik. De brukar väl öppna vid tio? Vi får höra med honom själv. Men nu ska vi inte låta honom vänta längre."

Alla tre satte fart mot trapphuset, Molander och Alm först och Bengt Rost två meter efter med en tydlig hälta. Han hade bytt tillbaka till tofflorna om han hade kunnat göra det utan att det märktes. På väg nerför trappan tog han ett felsteg och räddade sig från att falla framstupa med ett desperat grepp i räcket. Det skedde inte ljudlöst. Alm vände sig om och märkte att något var fel.

"Är det skorna?"

Det fanns inget annat att göra än att erkänna.

"De klämmer och skaver en aning…, ganska mycket om sanningen ska fram."

Tio minuter senare var hälen omplåstrad och Rost försedd med svarta fotriktiga uniformsskor. Regnet slog fortfarande mot fönstret men inte lika dystert som tidigare. Det skulle bli intressant att möta Torkel Elmgren.

Det första som slog Rost var att den tidigare fången knappast var märkt av åtta års frihetsberövande. Hållningen var rak och han rörde sig ledigt. Han var pigg och såg inte ut att ha vakat under natten. Han hälsade de tre poliserna utan större entusiasm men verkade inte vara oroad av deras närvaro.

"Jag hoppas att det går fort", vädjade Elmgren. "Jag har väntat här i över en timme och jag får avdrag på lönen när jag är frånvarande."

"Det hoppas jag också", svarande Stig Alm. "Vi tar det informellt. Det jag vill veta är var du har tillbringat natten."

"Du menar att jag behöver ett alibi? Vad tror ni att jag har gjort?"

Alm rynkade pannan och tog i aningen kraftigare:

"Om du bara svarar på mina frågor är vi kanske färdiga snart."

"Ja, ja…, Jag undra naturligtvis vad jag är misstänkt för. Svaret är att jag låg i min säng från midnatt till sju i morse."

Det blev en kort paus innan Alm fortsatte:

"Men om jag säger att det finns uppgifter som pekar på att du flög från Arlanda till Göteborg tidig i morse, vad säger du om det?"

"Skulle jag ha flugit? Inte ens i mina drömmar. Jag bor i en utslussningslägenhet och det finns säkert någon där som kan intyga att jag var hemma under natten."

Stig Alm önskade att han hade haft mer att gå på. En passagerarlista från första morgonflyget hade varit bra. Eller kanske inte, skulle Elmgren ha rest med sitt eget namn på biljetten om han var ute för att ta livet av paret Strömberg? Filmen från övervakningskameran vid gatan måste granskas innan Elmgren helt kunde avskrivas som misstänkt.

"En blå Opel Vectra kombi, verkar det bekant? Har du haft tillgång till en sådan bil", fortsatte Alm utfrågningen.

Torkel Elmgren skakade på huvudet.

"Jag har varit ute två veckor och har inte ens en cykel. Hur skulle jag kunna ha en bil?"

"Du behöver inte äga den, det räcker att du kan låna den av någon. Har du gjort det?"

"Nej, det har jag inte. Dessutom har jag inget körkort. Det borde ni veta. Jag hade fyra domar på olovlig körning innan den där Strömberg satte dit mig."

Bilen var det sista kortet som Alm hade att spela ut. Det hade inte varit tillräckligt. Det såg inte ut som om Torkel Elmgren hade något att göra med morden under natten. Att han för åtta år sedan hade hotat att hämnas var inte tillräckligt för ett gripande.

Torkel Elmgrens utslussningslägenhet låg inte långt från fängelset där han hade tillbringat de sista två åren av sin strafftid. Kriminalinspektör Molander körde dem i en civil bil. Klockan var nästan fyra och de hoppades att de skulle möta någon som kunde bekräfta var Elmgren hade varit på morgonen. Molander lämnade en trafikerad genomfartsled, korsade över spårvagnsspår och tog in på en mindre väg kantad av villor.

"Här är det." guidade Anders Molander. "Huset innehåller fyra lägenheter som används vid utslussning från Härlandaanstalten. De har ett gemensamt kök där de boende kan stöta på varandra på morgonen. Elmgrens lägenhet är en av två på det nedre planet. Vi börjar med att se om hans granne på samma plan är hemma."

Bengt Rost kände på sig att det kunde vara vanskligt att be en tidigare medfånge bekräfta ett alibi. Kumpanerna skulle nog hjälpa varandra så långt som möjligt. Stig Alm hade tydligen tänkt i samma riktning.

"Vi ska nog inte fråga direkt om Elmgren var inne i morse. Vi får linda in det lite så att det inte ser ut som om vi kollar ett alibi. Jag antar att de känner igen dig, Anders?"

"Det skulle jag tro. Annars får de lita på min legitimation."

När de lämnade bilen hade regnet upphört och solen blänkte mellan molnen. Bengt Rost gladdes åt väderomslaget men ändå mer åt de lånade skorna. På väg mot entrén fick de sällskap av ytterligare en person på väg in, en magerlagd man i sextioårsåldern iförd tränings-overall och joggingskor.

"Tjena Molander, är det mig du ska haffa?"

Den nye, Lasse Snabb bland sina polare, var en av Göteborgs-polisens stamkunder. *Smash and grab* var han grej, men han hörde inte till de framgångsrika. Den senaste vändan var den åttonde för hans del. Molander tvivlade inte på att det även skulle bli en nionde och en tionde om Lasse inte tacklade av i förtid. Men han var glad att möta sin gamle antagonist.

"Tjena själv din skojare. Du klarar dig den här gången. Jag är på rundvandring med ett par kollegor från Stockholm. Du kan kanske ge dem en guidad tur?"

Det var en bra inledning. I det gemensamma köket var det helt naturligt att fråga om det inte blev trångt på mornarna.

"Hur var det i morse?" undrade Alm.

"Inget problem alls, det var bara jag och Torkel."

"Hur dags då?" sköt Bengt Rost in.

"Vid sju eller strax efter."

Då var saken klar. Torkel Elmgren hade inte varit i Södertälje under natten. Han var inte längre en möjlig gärningsman. Intendent Skarp skulle bli besviken. Det snabba uppklarandet av brottet hade glidit honom ur händerna.

En taxi tog dem tillbaka till Landvetter flygplats. Efter inbokningen ringde Alm intendent Skarp och rapporterade Torkel Elmgrens alibi. Det mottogs inte väl.

"Litar du på ett alibi från en notorisk kåkfarare?"

Det hade inte hjälpt att Alm påpekade att alibit hade levererats spontant och omedvetet.

"Det begriper du väl att alibit var uppgjort redan i förväg. Vi kan inte släppa Elmgren-spåret. Det är alldeles för mycket som binder honom."

Stig Alm kunde inte se *något* som band Torkel Elmgren till dubbelmordet i Södertälje men godtog ändå att det tills vidare var huvudspåret. Det hade lugnat intendenten så pass att det gick att resonera om andra, mindre troliga scenarier.

***

Det var inte mer än väntat. Vandalerna som hade härjat i Umeå till dess de gjorde misstaget att ignorera den som tiggde utanför Lars-Olov Bylunds restaurang var satta på fri fot. De skulle kallas till domstol så småningom men fram till dess var de fria att trakassera stadens invånare. Kriminalkommissarie Erik Andersson önskade att han hade haft mer att ta till för att få fram sanningen. Visst var han mot våld, men någon gång kunde det vara befogat mot dem som själva inte tvekar att använda våld. Han förstod vem som var deras uppdragsgivare, Aktiebolaget Företagsskydd med adress i Stockholm, men vad kunde han göra utan vittnen som berättade? Någon höjdare borde få sona med tio år på anstalt och själv borde han bli belönad för sitt skarpsinne. Nu blev det kanske inte mer än skyddstillsyn för ett par underhuggare.

***

Bankir Evert Rosenholm, Stormäster och ledare av den svenska grenen av *De Heliga Två Korsens Orden,* behövde en stund i avskildhet för att samla tankarna. Upphöjningen till Stormäster hade kommit som en överraskning endast tre veckor efter att han hade blivit utsedd till Mäster för ordens södra loge. Det hade varit ett stort steg för den sextiofyraårige bankmannen. Invigningsriterna hade pågått under tre dagar. Han hade fått en försmak av vad som väntade när han efter välförtjänt värv togs emot i det himmelska paradiset.

Nu var det åter vardag. Tillslaget mot Strömbergs hade endast blivit en halv framgång. Sigurd och Vera var neutraliserade utan komplikationer, men vapnet hade inte påträffats. Ordensbrodern hade sökt i lägenheten under en dryg timme, längre hade han inte kunnat stanna. *Sitt inte uppe och vänta på mig* hade hyresgästen sagt. *Jag blir sen, kommer inte före tre.* Brodern hade varit tvungen att avbryta sökandet i god tid före klockan tre.

I tjugofem år hade de betalat för Strömbergs tystnad. Revolvern var fortfarande het. Den kunde leda polisen till uppdragstagaren, vidare till förmedlaren och sedan till dem som hade köpt hans tjänst. De var tvungna att få tillbaka vapnet innan det föll i polisens händer.

Kapitel 5

Stig Alm löste snabbt Bengt Rosts inkvarteringsproblem sedan intendent Skarp hade tagit över hans rum hos Strömberg. Eva Graube använde inte sin lägenhet i Rinkeby. Hon var inte svår att övertala. Bengt kunde vara hennes gäst så länge som det behövdes. Hon var glad att lägenheten inte stod tom, att en pålitlig person kollade att allt var i ordning och att posten blev eftersänd.

Tisdag kväll de träffades i lägenheten. Mötet mellan Eva och Alm blev hjärtligt, nästan kärt. Alm var glad att finna att hans ordinarie partner inte hade förändrats av livet som förtagare. Det var ju meningen att hon skulle återvända till polisyrket när hon inte längre behövde sköta familjens affärer. I varje fall var det så hon hade sagt när hon lämnade.

Alm och Rost hade tagit med färdiglagat från Rinkeby Centrum. Själva var de svultna medan Eva plockade till sig av kyckling och nudlar mest för att inte verka otacksam. Kaffet lånade Eva från grannen mitt emot. De blev sittande till midnatt och uppdaterade varandra om vad som hade hänt sedan deras vägar skildes. Efteråt visste Eva det mesta om mordet på paret Strömberg och Alm hade lärt en hel del om företagandets vedermödor.

Onsdag morgon hade intendenten kallat hela sin enhet till Strömbergs lägenhet för genomgång. Förutom Alm och Rost var det intendentens andra grupp, en kriminalkommissarie med två assistenter. Skarp redogjorde för hur Torkel Elmgren hade lovat att hämnas, hur han hade planerat under fängelseåren, hur han hade kommit över ett vapen från sina kriminella kontakter, hur han hade lagt belag på en blå Opel Vectra, skaffat sig tillträde till Strömbergs lägenhet (där fanns det ännu några oklara detaljer), genomfört avrättningen av Sigurd och Vera (hon hade kanske känt igen honom och måste tystas) och sedan återvänt till Göteborg i tid för att visa upp sig hos sin övervakare. Fallet var så gott som löst, allt som behövde göras var att hitta någon som hade sett honom i närheten av Strömbergs hem. Skarp avslutade med att nämna Alms misslyckade hämtning av Torkel Elmgren, ett alibi från en yrkeskriminell hade kommit i vägen.

De två assistenterna kastade långa blickar på sin kommissarie. Var det något med Elmgrens alibi som de hade missat? De kunde inte riktigt förstå var det brast. Kommissarien kunde inte hjälpa dem. Det skulle kanske klarna när de hade fått höra om Stig Alms alternativa spår. Det var hans tur nu.

Stig Alm väntade till dess han hade samtligas uppmärksamhet.

"Jag söker någon som har haft mer än ett par veckor i det fria för att förbereda morden, någon som kunde ta sig in i Strömbergs lägenhet utan att skada dörrlåset och väcka de boende, någon som har haft ett motiv att förutom Sigurd även mörda Vera Strömberg. Dessutom, det kan ha varit fler än en gärningsman."

Det lät vettigt, nästan troligt om man inte redan hade haft en huvudmisstänkt som hade hotat att hämnas. Den andra gruppen i Skarps enhet hade så långt hållit tyst med sin uppfattning.

"Vad anser du om Alms förslag", frågade Skarp vänd mot kriminal-kommissarien.

Det var en direkt fråga som måste besvaras. Kommissarien, visste vad hans chef ville höra.

"Det är helt rätt att tänka vid sidan av Elmgren-spåret men så här tidigt i utredningen är det nog klokt att inte splittra resurserna för mycket."

Klok karl, kommer att gå långt. Resurshushållning var intendentens främsta käpphäst. Inget polisarbete fungerar utan ordning och spar-samhet. Kommissarien lämnade alltid in sin ekonomiska redovisning i tid vilket inte kunde sägas om Stig Alm.

"Jag håller med", svarade intendenten. "Vi måste i första hand satsa där vi har något påtagligt att gå på. Vad anser du att vi bör göra härnäst?"

Frågan var fortfarande riktad till kriminalkommissarien som redan hade svaret färdigt.

"Vi följer naturligtvis det vanliga schemat. Dörrknackning för att se om någon i huset känner igen Torkel Elmgren. Om vi kan binda honom till brottsplatsen är saken klar. Vi kommer nog inte att hitta hans fingeravtryck i lägenheten. Han är för slipad för sådana misstag."

Intendenten nickade belåtet.

"Bra så! Rapportera så snart som ni har ett positivt resultat!"

Sedan vände han sig mot Stig Alm.

"Jag vill att du tar reda på vad det var för bil som var parkerad utanför under mordnatten. Den var visst blå. Men vittnet kan ha tagit miste på färgen. Börja med att kolla om någon som bor i huset äger en liknande bil."

När de skildes åt var det Stig Alm som var minst missnöjd. De tre i kriminalkommissariens grupp försökte verka optimistiska men var tämligen säkra på att de inte skulle hitta något positivt att rapportera. Hur man än såg på saken hade Torkel Elmgren ett mycket säkert alibi för mordnatten. Stig Alm var nyfiken på den blå Vectran. Den kunde vara ett spår även utan Torkel Elmgrens inblandning.

***

Onsdag morgon var Lusen redan uppstigen och klädd när Frans Sunesson gick runt och väckte.

"Du är redan uppe! Har du sovit illa?"

Dagen innan hade Lusen knappast svarat på en sådan fråga. Nu kom hans besked utan betänketid.

"Nej, jag har inte sovit illa, men jag har legat vaken och funderat. Hur länge har jag varit här?"

Förfärligt länge, visste Frans, men vad svarar man? Om Lusen inte minns hur länge som han har varit inlåst blir han kanske upprörd om han får veta sanningen. Mer än tjugofem år och någon utskrivning låg inte precis runt hörnet.

"Du har varit här bra många år. Varför frågar du?"

Frans visste genast att hans svar blev dåligt. Det var inget konstigt att Lusen frågade när han har legat vaken och funderat.

"Jag bara undrar hur lång tid jag har kvar. Vad blev jag dömd till? Var det inte åtta år?"

Åtta år för att oprovocerat, men utan uppsåt att döda, ha sparkat ihjäl en kvinna. Det lät rimligt om det hade blivit en fängelsedom.

"Nej, det blev inte åtta år. Du blev dömd till vård."

"Men han var inte alls omtyckt. Det var många som ville bli av med honom."

Vem då? Vem var det som inte var omtyckt och vad hade det med Lusens straff att göra? Frans kände att han inte var rätt person för det samtalet. Det var något som doktor Heinz fick sköta.

Det blev sedan inte mer sagt om vårdtiden på Dagö eller vad som hade fört Lusen dit. Det var som om han hade tappat intresset. Han undrade om han kunde få frukosten på sitt rum.

"Jag har ingen lust att sitta med de andra när jag äter."

Frans tänkte innan han svarade. Han hade helst sett att Lusen återvände till sina tidigare vanor, åt med de andra patienterna och sysselsatte sig i dagrummet. Det var positivt att han var uppe men det fanns en risk att han åter skulle glida in i sitt apatiska tillstånd. Frans ville ha tillbaka Lusen som han hade varit tidigare. Han ville höra mer om hur Lusens liv hade varit innan han blev patient på Dagö.

"Jag hämtar din frukost i dag, men i morgon får du äta i dagrummet."

***

Det var Rost som löste mysteriet. Han såg en blå Vectra genom köksfönstret när den parkerades utanför Strömbergs port. Rost rusade nedför trappan och fick tag mannen som hade kört. Han var en tillfällig gäst hos en av lägenhetsinnehavarna och han bekräftade att bilen hade varit parkerad utanför huset natten till tisdag. Efteråt slog det Rost att mannen var ganska lik Torkel Elmgren till utseendet. Inte så lik att den som kände Torkel skulle ta fel, men vid en hastig blick …

Två timmar senare hade även intendentens andra grupp fått träff. Två av grannarna som hade öppnat för dem kände igen mannen på deras fotografi. Den ena hade sett honom i den blåa kombibilen parkerad på gatan, den andra hade mött honom på trottoaren ett kvarter bort. Kommissarien och hans två medhjälpare visste att de hade ett problem. Det kunde inte vara Elmgren som grannarna hade sett. Hans alibi för mordnatten var vattentätt. Stig Alm var lurig men han skulle inte ljuga om en sådan sak. Orden hade varit rapport så snart som ni har ett positivt resultat. Kommissarien var tvungen att informera Skarp. De fann intendenten i Bengt Rosts tidigare hyresrum som nu var inrett som en ledningscentral med telefon, polisradio, dator och en skärm klädd i flanell där Skarp hade fäst ett foto av Torkel Elmgren. Kommissarien ville inte verka för entusiastisk (det var inte svårt) när han efter inledande kallprat mer i förbigående nämnde att de hade ett par möjliga indikationer på att Elmgren hade setts i närheten. Det blev dödstyst i fem långa sekunder innan intendenten konstaterade:

"Elmgren var alltså här! Jag visste det! Bilen har han säkert stulit. Han ska omedelbart gripas var han än befinner sig!"

Nu var kommissarien i svårt bryderi. Vetskapen att deras framtida karriär stod på spel var det enda som hjälpte hans två assistenter att hålla sig för skratt. Till slut var kommissarien tvungen att påpeka:

"De kan ha misstagit sig, vittnena menar jag. Det ser ut som om Elmgren har ett alibi. Alm…"

Där blev han bryskt avbruten.

"Kriminalinspektör Stig Alms alibi ska vi inte ta alltför allvarligt på. Vem mer än Elmgren har ett motiv? Han har praktiskt taget erkänt! Det väger betydlig mer än ett alibi från en vaneförbrytare."

De gjorde inte fler invändningar. Det var bara att gilla läget. På något sätt skulle de komma vidare. Elmgren skulle gripas, det var en klar och tydlig order. Det hade inte varit något problem om kollegorna i Göteborg hade samma uppfattning om Elmgrens alibi som deras intendent. Stig Alm hade dessvärre varit tydlig med att så inte var fallet. Kollegan Molander hade varit med när Elmgrens alibi blev bekräftat. Det skulle mer till än ett par tveksamma fotoidentifikationer för att han skulle låta någon gripa Torkel Elmgren. Det måste bli en konfrontation mellan intendent Skarp och Molander. Kommissarien hade en plan.

"Det verkar som ett onödigt slöseri att någon härifrån åker till Göteborg för att gripa Elmgren. Är det inte bättre att låta göteborgarna göra det? Fortare går det också. Det finns ju en risk att Elmgren hinner smita."

Det var kloka ord. Det har redan slösats mer än nog genom Alms och den där nyes misslyckade försök. Varför hade han inte skickat kommissarien i stället? Det är lätt att vara efterklok, men nu var det dags att se framåt. Göteborgarna fick ta på sig att gripa Elmgren. Fallet var så gott som löst och snart skulle han kalla till presskonferens. Skarp sände en tacksam blick till Elmgrens foto på flanellografen. Han hade precis hunnit sätta ihop en kallelse till media, klar att mejla till nyhetsredaktioner på teve och tidningar, när Stig Alm ringde och meddelade att de hade funnit ägaren till den blåa Vectran.

"Han är gäst hos en som hyr i huset och är ganska lik Torkel Elmgren."

Mycket mer blev inte sagt. Elmgren hånlog mot intendenten från sin plats på flanellografen. Sekunderna senare låg han i papperskorgen.

Kapitel 6

Stig Alm och Bengt Rost hade dragit sig tillbaka för att tänka. Det gick ofta bäst med kaffe och något att tugga på inom räckhåll. *Rosas kafé* fem minuters promenad från Strömbergs lägenhet föll dem båda i smaken. Vilket kafé som helst hade fallit Rost i smaken medan Alm var mer nogräknad och ville ha en ren duk på bordet.

Med ägaren till den blåa Vectran identifierad och avförd från utredningen var det läge att stanna upp och ta om från början. Någon eller några hade tagit sig in i paret Strömbergs lägenhet och sedan in i deras sovrum utan att de hade vaknat. Antingen hade lägenhetsdörren varit olåst eller också hade man haft en nyckel. Till dörren mot gatan räckte det att man visste portkoden. Det var Rost som kom med den enklaste förklaringen.

"De som har hyrt av Strömberg kan portkoden och har haft en nyckel som kan kopieras."

Bra tänkt, Stig Alm var än en gång glad att han hade valt Bengt Rost som partner. Nästa fråga från Alm var självklar:

"Hur tar vi reda på vilka som har hyrt tidigare?"

"Sigurd nämnde att han nästan enbart har haft poliser som inneboende. Han kan ha antecknat namnen någonstans."

Det gjorde han kanske, men var det sådant som sparades? Alm tvivlade. "Jag är rädd för att vi inte kommer att hitta fler namn än ditt eget."

Hur gärningsmannen hade skaffat sig tillträde var endast ett av problemen. Det måste ha funnits ett starkt motiv också. En polis får ovänner och blir hotad, det hör till. Men inte många av hoten är allvarligt menade och få sätts i verket. Labila personer som anser sig ha blivit orättvist behandlade kan bli farliga. Men varför då ta livet av Vera? Hon hade aldrig varit delaktig i något som Sigurd gjorde som polis. Hon hade mördats lika målmedvetet och metodiskt som sin make. Ingenting pekade på att det ena mordet var planerat och det andra improviserat.

"Jag tror inte att vi ska söka efter någon som endast har hämnats något som Sigurd gjorde som polis. Gärningsmannen har haft en annan anledning att mörda både Sigurd och Vera."

"Vera kan ha mist livet för att inte bli ett farligt vittne", föreslog Rost.

Nej, det trodde inte Alm.

"Man kunde tagit livet av Sigurd när han var ensam, när inget vittne fanns i närheten. Jag är säker på att det var viktigt att båda två mördades samtidigt. Vera visste något. Det var därför som hon också måste tystas."

"Kan de ha varit inblandade i ekonomiskt fiffel?" undrade Rost.

Nej, det trodde Alm inte heller. Det såg inte ut som om paret Strömberg rullade sig i pengar. Deras standard verkade matcha en polispension och ett halvtidsarbete som barnmorska.

"Vi börjar med deras tidigare inneboende" avgjorde Alm. "Det finns en förmedling på länspoliscentralen som hjälper poliser att hitta tillfälliga bostäder. De har säkert hänvisat en och annan till Strömberg. Men de kan dessutom ha haft andra än poliser som inneboende. Hur hittar vi dem, har du något förslag?"

Rost hade inget annat att komma med än att fråga grannarna i huset.

"De som bor i samma trappuppgång kan ha sett något."

Vad kunde man få den vägen? Ett vagt signalement? Den som hyrde för att få tillgång till portkod och nyckel skulle knappast presentera sig för grannarna med namn och adress. Han, eller hon, det senare mindre troligt, ansåg både Rost och Alm, skulle nog inte heller avslöjat sin sanna identitet för Strömberg.

Det fanns problem hur de än gjorde. Man behövde en paus för att släppa fram nya idéer. Lämpligt nog kom servitrisen och undrade om herrarna önskade påfyllning.

"Ja tack", svarade båda.

När hon hade fyllt Rosts kopp och var på väg mot Alms undrade hon om de hade hört talas om paret som hade mördats bara några hundra meter bort.

"Tänk att man inte kan vara säker ens i sitt eget hem!"

Stig Alm medgav att man hade hört det nämnas.

Servitrisen hade frågat om de kände till morden, men det var mest ett sätt att få igång ett samtal. Det kom mer, det kom något som fick hennes gäster att nästan glömma sitt kaffe.

"Tänk, det är inte ens en vecka sedan som han, Strömberg alltså, var här tillsammans med en annan karl. De pratade så att man kunde tro att de var ovänner."

Stig Alm fanns sig snabbt. Det var bäst att tills vidare inte nämna att de var poliser. Det fick ofta vittnet att tystna.

"Det var märkligt. Vet du vem den andre var?"

"Nej, jag hade inte sett honom tidigare och inte efteråt heller. Men han verkade viktig. Fast det var kanske för att han var så arg."

Skulle hon berätta mer? Hon var färdig med Alms kopp nu och det fanns en risk att hon var på väg att lämna dem. Bengt Rost förekom henne.

"Det var nog mannen som Strömberg krockade med. Inget allvarligt, men verkstadsräkningen blev dyr. En lång och mager man som talar som en dalmas?"

"Nej, så talade han inte. Han lät mer som en stockholmare. Han var inte lång heller, ungefär som du själv fast inte lika rund."

Endast genom att välja rätt kafé för en fika hade de fått ett signalement på en man som var ovän med ett av mordoffren. Det var inte ofta polisarbetet var så enkelt. Men nu var det visst på väg att vända. Deras servitris verkade konfunderad, såg på Rost med nytill-kommen misstro.

"Hur kan du veta om Strömberg och den där masen? Vad är ni för ena?"

Alm var tvungen att lägga korten på bordet:

"Vi är poliser som utreder morden. Jag borde ha sagt det från början. Jag tror inte att det finns någon dalmas som har blivit påkörd. Det var nog något som kollegan tog till för att få dig att berätta mer. Jag hoppas att du ursäktar."

"Jag tyckte väl att det var något konstigt med er. Ni liknar inte de vanliga gayparen."

"??"

"Ja, alltså, det här är ett ställe som traktens bögar kommer till. Inte Strömberg förstås. Jag menar, han var inte gay. Han var ju gift. Men han och Vera kom för en kopp ibland trots att de bodde alldeles nära och lika gärna kunde ha druckit kaffe hemma. Jag fick nästan en chock när jag läste om morden."

Visst var de ett par, Alm och Rost, men inte på det viset som deras servitris hade antagit. Rost undrade vad andra kunder i kaféet tänkte om dem. Skulle de välja ett annat fikaställe framöver?

Stig Alm hade tankarna på annat håll. Skulle de ta med servitrisen till NOA för ett regelrätt vittnesförhör eller kunde det klaras av på plats. Det kunde i vilket fall inte hållas i serveringslokalen bland andra gäster.

"Vi behöver talas vid där det är ostört. Finns det någonstans…?

"Jag måste sköta serveringen tills jag blir avbytt om en halvtimme. Sedan kan vi prata i vilrummet här bakom."

När de blev lämnade ensamma hade Rost en fråga till Alm:

"Hon läste om morden i Expressen, visste till och med vilka som var offer. Jag trodde att det var hemligt."

Alm skakade på huvudet.

"Ett polismord är en alldeles för bra historia, sådant läcker alltid ut. Ett par timmar efter att du larmade var det säker minst femtio personer som kände till att Strömbergs hade blivit mördade. Det måste ha blivit en kapplöpning att ringa kvällstidningarna och inkassera tipsersättningen."

"Hur mycket kan det bli, i tipsersättning menar jag?" undrade Rost.

Svaret fick Rost att ångra att han inte hade ringt runt till tidningar innan han larmade Stig Alm.

De blev sittande tysta i väntan på att servitrisen skulle bli ledig. Alm behövde tänka, Rost mindes vad servitrisen hade sagt. Hon hade tagit dem för ett något udda gaypar. Nu märkte Rost att de blev synade i smyg av kunder som kom och gick. Rost gjorde vad han kunde för att verkar oberörd och ointresserad; eller låtsades han vara svårfångad? Skulle någon söka upp honom senare? Minuterna kröp fram till dess servitrisens ersättare anlände och de visades in genom dörren märkt STAFF ONLY. Servitrisen sjönk ner i rummets enda fåtölj, Rost tog plats på en stol medan Alm förblev stående.

Servitrisen böjde sig och masserade vaderna.

"Jag behöver verkligen sitta. Det känns i benen när man har serverat i fyra timmar."

Det förstod Rost som hade fotpatrullerat gatorna i Umeå. Färskt i minnet hade han dessutom plågan av de snofsiga italienska skorna. Alm fiskade upp block och penna ur en innerficka och lämnade över till Rost.

"Du antecknar!"

Efter lite sökande hittade Rost en tom sida och var beredd att skriva.

"Först, ditt namn, adress och telefonnummer", inledde Stig Alm.

När Rost hade fått med allt och kontrollerat att allt var riktigt fortsatte Alm:

"Minns du exakt vilken dag som du såg Strömberg och den andra mannen?"

"Det måste ha varit måndagen för två veckor sedan. Jag arbetar här måndagar och onsdagar. Det regnade hela onsdagen den veckan men inte när de två var här så det måste ha varit på måndagen."

Det lät övertygande. Det var ju på sätt och vis tur att det hade regnat, annars hade de haft två dagar att arbeta med. Nu återstod endast måndagen den sjuttonde augusti.

"Kom de tillsammans, Strömberg och den andra?" frågade Alm.

"Nej, Strömberg kom först. Han fick vänta en kort stund, fem minuter kanske."

Då hade de nog stämt träff på kaféet, tänkte Alm. Varför inte i Strömbergs lägenhet? Ville de inte synas tillsammans där? Strömberg ville kanske inte släppa in mannen i sitt hem?

Alm fortsatte:

"Kan du beskriva mannen som Strömberg träffade? Hur gammal var han? Ljus eller mörk?"

"Närmare sextio än femtio. Lika lång som din kollega men, som jag sa, inte lika rund."

Mager, antecknade Rost.

"Han var gråhårig, kortklippt, hade varken skägg eller mustasch, hade blåa ögon", fortsatte servitrisen.

"Minns du hur han var klädd?"

"Kostym, utan överrock. Han kom i en bil som han parkerade här utanför."

"Minns du vad för slags bil?"

"En stor Audi men jag vet inte exakt vad modellen heter. Den verkade vara ny."

"Färg?"

"Ljusgrå."

Det var en bil som Stig Alm gärna själv hade ägt. Men det var inte möjligt på en inspektörslön och underhåll att betala för två barn.

Servitrisen var ett fantastiskt bra vittne men han avstod ändå att fråga om registreringsnumret.

Alm fortsatte:

"Hur kom Strömberg hit?"

"Till fots. Han hade ju inte långt att gå."

"Du sa att de verkade vara ovänner. På vilket sätt?"

"Det var inga leenden dem emellan vad jag märkte. Efter ett tag höjde de rösterna. Jag var rädd att det skulle bli slagsmål trots att det var två vuxna karlar. Om det blir bråk ringer jag närpolisen från köket. Numret står skrivet på väggen."

"Kunde du höra vad det var som de grälade om?"

"Nej, det gjorde jag inte. Jag stod inte precis bredvid och lyssnade. Men den andre sa nog flera gånger något om att sluta."

"Sluta med vad då?"

"Vet inte, men det verkade vara viktigt."

Det var nog så långt som man för tillfället kunde komma. Det återstod endast att avrunda och ge instruktioner:

"Det var vänligt av dig att ta dig tid. Dina uppgifter kan vara viktiga men jag vill att du håller tyst om det här samtalet tills vidare. Det är inte bra om en mördare som går lös får veta att du har sett honom. Sedan vill jag att du träffar en dam som ska teckna ett porträtt av mannen du såg. Rost ordnar med den saken."

På vägen tillbaka till Strömbergs lägenhet höll Rost en meters lucka mellan sig själv och Stig Alm och undvek blickarna från de som såg dem lämna traktens gaytillhåll.

***

Onsdag morgon klev polisassistent Kerstin Larsson ur sängen en timme tidigare än vanligt. Hon hade bokat biljett på flyget till Stockholm för att träffa Rutger Landström, VD och delägare i Aktiebolaget Företagsskydd. Kerstin var ingen morgonmänniska, hon hade hellre startat senare på dagen och återvänt till Umeå efter en övernattning.

"Då blir det hotell och traktamente, onödiga utgifter", hade kriminalkommissarie Erik Andersson invänt.

Kerstin var civil och såg faktiskt lite härjad ut när hon passerade säkerhetskontrollen och fick sitt handbagage synat. Hennes makeup kunde ha varit mer diskret, svärtan runt ögonen hade passat bättre på en *drag queen*.

Hon hade talat med Rutger Landström två dagar tidigare.

"Jag har hört att ni söker medarbetare. Jag är väldigt bra på att ta folk."

Det var exakt vad Landström och Företagsskydd var ute efter, medarbetare som kunde ta folk, fick dem att inse att det nog var bäst för dem att betala och hålla tyst. Men skulle det fungera med en kvinnlig kundansvarig?

Exakt på avtalad tid anlände Kerstin med taxi till Bobergatan i Ropsten. Utifrån märktes inget av Företagsskydd som delade lokaler med ett annat säkerhetsföretag. *SafeHome* förkunnade texten i det enda skyltfönstret. En tunnhårig man med sluttande axlar tog emot och synade Kerstin med illa dold avsmak.

"Ett ögonblick så ska jag se om direktör Landström är ledig."

Han återvände med en gråhårig men rakryggad man i sextio-årsåldern. Efter en granskande blick och en kort tvekan blev Kerstin Larsson accepterad, hälsades med ett handslag och ett snabbt leende.

"Följ med på kontoret så får vi se om vi har något för dig."

Landström slog sig ner bakom ett teakskrivbord, Kerstin fick en besöksstol.

"Du söker arbete hos oss. Varför? Har någon tipsat dig?

Kerstin kunde inte svara riktigt som det var, men bra nära.

"Inget tips, men jag hittade ett visitkort som någon hade lämnat."

"Var då?"

"I Umeå. Jag diskar på en restaurang ibland. Det var där som jag hittade kortet."

"Har du tröttnat på att diska? Är det därför som du vill jobba här?"

"Jag har inget emot att diska, men jag jobbar hellre med människor. Jag sålde mobilabonnemang i två år och var en av de bästa."

Landströms attityd förändrades märkbart när han hörde om mobilabonnemangen. Den som kränger abonnemang och lyckas får inte vara alltför nogräknad med vilka metoder som används för att få ett ja från kunderna. Fast nu liknade den arbetssökande inte riktigt en toppförsäljare, kanske liknade hon en toppförsäljare efter ett eller två år på dekis.

"Vad hände med säljjobbet? Varför diskar du nu?"

För första gången under samtalet verkade Kerstin besvärad.

"Det blev missförstånd med några kunder. De klagade och ville inte stå för sina köp. Efter ett tag fick jag sluta. Det var orättvist, de flesta jobbade på samma sätt."

Direktör Rutger Landström var på väg att omvärdera sin besökare. Han hade till en början låtit sig luras av hennes utseende. Utseendet var fortfarande detsamma, hon verkade *billig*, men han hade sett något under ytan värt att ta tillvara. Hon behövde skolas in, men det skulle inte bli något problem. Kerstin Larsson verkade vara av det rätta virket.

"Du har säkert egna frågor innan vi går vidare. Jag svarar gärna om du vill ställa dem nu."

Det var det som Kerstin hade väntat på. Hon var inte på plats för att få en anställning, hon ville få svar på frågor. Några hade hon med sig från Erik Andersson, andra var hennes egna.

"Hur fungerar det? På vilket sätt kan Företagsskydd skydda de som köper tjänsten?"

Svaret blev en överraskning, inte alls det som hon hade väntat sig.

"Det som vi säljer är egentligen en försäkring, men det tänker inte kunderna alltid på. När deras företag råkar ut för skadegörelse eller annat som ingår i skyddet beklagar vi och ersätter dem ekonomiskt. Vi själva är naturligtvis återförsäkrade så vi riskerar praktiskt taget ingenting."

Ett genialt upplägg. Kerstin kunde inte annat än beundra den enkla affärsplanen. Tvinga en företagare att teckna en alldeles för dyr försäkring och sedan sitta med armarna i kors. Oåtkomligt för rättvisan om det inte gick att visa kopplingen till skadegörelsen som drabbar dem som nekar att köpa skyddet. Hur öppen kunde hon vara om hot och skadegörelse som försäljningsmetod?

"Är skyddet ett populärt erbjudande? Jag menar, är det något som kunderna gärna vill ha?"

Rutger Landström verkade inte alls besvärad av frågan.

"Det är där som din förmåga *att ta folk* får betydelse. Du måste vara en god pedagog. Du måste få kunden att förstå värdet av att teckna sig för skyddet. Det är sådant som du får lära dig innan du arbetar på egen hand. Du kan få en provanställning. När kan du börja?"

Genast, var hon nära att svara. Hon skulle få se Företagsskydd inifrån, avslöja deras ljusskygga metoder, skaffa bevis och se till att de ansvariga ställdes inför rätta. Men instruktionen från Erik Andersson var att hon skulle återvända till Umeå samma dag.

"Jag har lite att ordna hemma i Umeå först. Blir det bra om jag börjar på måndag?"

"Måndag blir bra. Har du någonstans att bo?"

"Jag hittar något. Det fixar jag."

Landström hade ett bättre förslag:

"Du kan bo på Svanen till en början. Det är ett bra hotell fem minuters promenad härifrån. Vi har ett specialavtal med dem och du får ett rum för femtio kronor natten. Anton som tog emot dig ordnar rummet. På måndag kommer du hit klockan åtta och följer med en av våra kundansvariga på en säljrunda."

***

Bengt Rost såg kvällsnyheterna på teven när mobilen ringde. Numret var obekant, likaså rösten till dess han hörde namnet. Det var den mörkhyade chaffisen från barrundan samma natt som Sigurd och Vera Strömberg blev mördade. Rost hade nästan glömt. Täckmanteln som arvtagare på väg att etablera sig i taxibranschen hade han snabbt tvingats överge. Var det läge att plocka fram den igen?

"Bobby! Hur har du det? Har du många körningar?"

"Jag kan inte klaga. Du själv då? Har du börjat köra?"

"Nej, inte än", förklarade Rost. "Det är saker som måste ordnas först."

Det blev en del småprat, mest om ställen värda ett besök för en drink, innan Bobby kom fram till varför han egentligen hade ringt.

"Jag kan tipsa dig om ett taxijobb, om du är intresserad."

Intresserad var han egentligen inte längre men viljan att vara artig gjorde att han inte genast avfärdade erbjudandet.

Bobby fortsatte:

"Det låter lite knäppt, men man kan tjäna bra på att köra utan passagerare. Låta taxametern vara på och låtsas ta betalt."

Rost undrade om han hade hört rätt, *låtsas ta betalt*... Det fungerar kanske om det sedan räcker att man kan låtsas betala sina inköp och räkningar.

"Du skojar!"

"Jag sa ju att det låter knäppt", fortsatte Bobby, "men det går att få kontrakt på sådana körningar. Vi är säkert tio som håller på och nu söker de fler chauffisar."

"Men, vad går det ut på? Ingen tjänar väl något på att låtsas ta betalt?"

Det var fortfarande obegripligt, någonstans måste det finnas en hake, men Rost förstod inte var.

"Du tjänar på det. Om du kör in ettusen utan passagerare och skriver ut ett kvitto på kontant betalning så får du tvåhundra insatt på ditt konto."

"Riktiga pengar i utbyte mot låtsaspengar? Vem gör sådana affärer?"

Det visste inte Bobby, men vad spelar det för roll? Det fungerade bra, han hade själv hållit på i ett halvår. Pengarna kom från en utländsk bank men de var riktiga och kunde plockas ut från bankomater.

"Det måste vara något skumt!"

"Det enda som du behöver göra är att köra och skriva kvitton på kontantbetalningar. Det kan inte vara förbjudet. Tvärtom, den som inte skriver kvitton är en fifflare."

Det lät ändå för bra för att vara legalt. Någon behöver verifikationer på kontantintäkter och får dem mot en avgift på tjugo procent. Rost anade vad som låg bakom. Penningtvätt var nog förklaringen. Kopior på kvitton användes för att tvätta svarta pengar vita. Det var för att upptäcka sådant som han hade kommit till Stockholm.

"Det låter intressant, men jag har annat på gång ett tag framöver. Jag ringer så snart jag vet."

Bobby var inte riktigt färdig.

"En sak till. Man får en bonus på tiotusen om man rekryterar en ny förare. Glöm inte bort att det var av mig som du fick tipset."

Kapitel 7

Gårdagen hade varit framgångsrik för Stig Alm och Bengt Rost. Torkel Elmgren var definitivt avförd som misstänkt och i hans ställe hade de fått signalementet på en man som hade uppträtt aggressivt mot Sigurd Strömberg.

Intendent Skarp hade däremot haft en dag av motgångar. Någon pressinformation där intendenten kunde förklara att fallet var löst hade det inte blivit. Det kändes som om det var Stig Alms fel.

Nu hade Alm i det närmaste fria händer och det skulle han utnyttja till att spåra tidigare inneboende hos paret Strömberg. Han hade redan tidigare varit på Stockholmskriminalens personalkontor och träffat kanslisten som hjälper poliser att hitta ett tillfälligt boende. Den gången hade det varit han själv som behövde ha någonstans att sova. Skilsmässan var på gång och han kunde inte längre bo i familjens radhus i Järna. Nu sökte han oanmäld upp samma kanslist, en mycket hjälpsam och medkännande kvinna i femtioårsåldern.

"God morgon inspektören, är det dags nu igen?"

Det tog ett ögonblick innan Alm förstod.

"Nej, nej, det gäller inte mig. Jag bor bra och utan problem."

"Då är det någon kollega som har blivit utslängd då?"

Värre än så, hade han kunnat svara. Kollegan har blivit mördad. Men det hade varit ett opassande skämt. Stig Alm visste var gränsen gick.

"Du vet förstås att Sigurd Strömberg och hans hustru Vera har blivit mördade i sitt hem."

Det visst kanslisten och hon blev tårögd av att påminnas om paret Strömbergs öde. Efter lite letande hittade hon en pappersnäsduk, torkade ögonen och näsan.

"Ja, visst är det gräsligt att sådant händer."

Hon menade det verkligen, Alm tvivlade inte. Många som kommenterar ond död säger det som förväntas av dem utan någon inre övertygelse. Så var det inte med kanslisten.

"Kände du Sigurd personligen?" frågade Alm försiktigt, rädd för att åstadkomma ett nytt känsloutbrott.

Näsduken, nu lättillgänglig, plockades fram igen innan hon svarade.

"Nej, inte personligen, det kan man inte säga. Jag såg honom ibland då han hade ärenden hit och vi hejade som man brukar. Men han hyrde ju ut så på det viset hade jag kontakt med honom."

Alm var tvungen att komma till sak.

"Jag är intresserad av vilka som har hyrt av Strömberg de senaste åren. Hur många kan det ha varit? Har du uppgifter kvar på uthyrningar som du har förmedlat?"

Uppgifterna fanns, men inte så att det gick att ta fram med ett knapptryck. Alla förmedlingar fanns samlade i en pärm. Förteckningen var ordnad med namn på uthyrare och hyresgäst i den ordning som de hade bokats.

"Det tar en stund att gå igenom namnen och hitta de som hyrde av Sigurd. Hur långt tillbaka i tiden?"

"De senaste tre åren räcker."

Det borde det göra. Alm hade svårt att tro att någon hade förberett sin hämnd längre än så.

Det blev nio namn allt som allt, varav tre under de senaste tolv månaderna. Ett namn saknades, det visste Stig Alm. Bengt Rost hade inte fått rummet genom personalkontoret. Det var han själv som hade gjort den förmedlingen. Ett av de tre namnen kände Alm igen. En assistent på rikskrim som tillhörde en annan avdelning. De övriga två var obekanta. Båda arbetade på trafiksidan, en manlig och en kvinnlig.

Det fanns en sak till som han måste fråga kanslisten:

"Var det någon av dem som uttryckligen hade bett att få hyra hos Strömberg?"

"Nej, det tror jag inte. Varför undrar du? Tror du att... Tror du att någon av hyresgästerna gjorde det?"

Stig Alm svarade med övertygelse:

"Nej, jag tror inte att det var någon polis. Men jag måste ändå undersöka vilka som har haft kontakt med Strömbergs. Det är rutin."

Kanslisten såg lättad ut. I ett ögonblick hade hon snuddat vid tanken att hon hade varit ett av mördarens verktyg. Att hennes förmedling hade gjort brottet möjligt. Det var skönt att höra att det inte var på det viset.

***

Samtidigt som Stig Alm besökte kanslisten på personalavdelningen knackade Bengt Rost dörr i huset där paret Strömberg hade mist livet. Det var inte många som var hemma. Varken Lundgren eller Olander, grannarna på samma plan som Strömbergs, öppnade för honom. En trappa upp tvekade Rost innan han ringde på hos Schulz. Två dagar tidigare hade de väckt honom när han vilade efter sitt nattarbete. Det kunde inte hjälpas, Rost satte fingret mot ringklockan.

"En ny *incident*? Hur många döda den här gången?"

Kocken Schulz var klädd men humöret var inte bättre än när han hade tagit emot dem i morgonrock.

"Mina grannar ligger mördade en våning ner och du och din polare kommer hit och snackar om en incident! Vad är det för jävla sätt?"

Rost kunde inte annat än hålla med. Det var ett jävla sätt men det var order uppifrån. Fast det kunde han inte skylla på när allmänheten klagar.

"Det var för att spara tid men det var inte bra. Det är inte heller bra att jag måste störa nu igen men det är tvunget om vi ska hitta den som tog livet av dina grannar. Jag har en teckning som jag vill visa dig. Jag undrar om du känner igen personen, om du har sett honom här i närheten."

Schulz hade låtit honom förklara utan att avbryta. Det var ett bra tecken. Rost höll fram fantombilden som hade gjorts med hjälp av servitrisen på Rosas kafé. Den föreställde ett ansikte hos en man i sextioårsåldern, slätrakad, korta polisonger, håret bakåtkammat, buskiga ögonbryn, rak näsa och en markerad haka. En bild som kunde stämma med tusentals män men som ändå hade en viss personlig utstrålning. Schulz tog en grundlig titt innan han vände sig mot Rost.

"Sa du här i närheten?"

"Ja, men inte nödvändigtvis här i huset."

"Han påminner om någon som jag har sett, fast det var nog inte här."

"Kan du komma ihåg var du såg honom?"

"Fan så svårt…, det kan inte ha varit länge sedan. Visst, för helvete, så dum jag är. Han har varit på restaurangen tillsammans med Sigurd, Sigurd Strömberg alltså."

Bengt Rost kände en rysning mellan skulderbladen. Servitrisen och konstnären måste ha lyckats väl med porträttet. Samma man måste ha träffat Sigurd Strömberg både på gay-kaféet och på Schulz restaurang.

"Vet du vem han är?" Frågan var självklar.

"Nej, det var en till som var med som jag inte heller känner. Jag såg dem mest av en tillfällighet. Min plats är i köket så jag har inte mycket kontakt med matgästerna. Jag hälsade på Sigurd men han verkade upptagen så det blev inget mer sagt mellan oss."

"Kommer du ihåg vilken dag det var?"

"Det måste ha varit torsdag eller fredag för tre veckor sedan. Jag hade varit ledig måndag till onsdag och det kan inte ha varit lördag eller söndag. Då har vi alltid fullbokat men det var det inte den kvällen."

Med dagen för restaurangbesöket nästan spikad fanns det en chans att identifiera någon av de två okända.

"Hur betalade de? Kort eller kontant?"

"Jag vet inte, men nästan alla betalar med kort."

Det var sant, det visste Rost, förutom de som sysslar med ljusskygga saker. Det skulle nog visa sig till vilken kategori Strömbergs sällskap hörde.

"Var ligger din restaurang?"

I Mariefred. *Restaurang Riddaren*, har du hört talas om den?

Det hade inte Bengt Rost, men han anlände från Umeå för mindre än en vecka sedan. Hade han varit stockholmare med krogvanor så hade han säkert känt till Riddaren. Exklusivt och dyrt men väl värt pengarna för de som kan dra av beloppet som representation.

"Tror du att jag kan få se kassarapporten för de två dagarna, torsdag och fredag för tre veckor sedan. Jag menar, det enda jag är intresserad av är namnet på den som betalade."

Schulz tvekade. Matgästerna hade väl rätt till integritet när de stillar sin hunger? Vad skulle andra kunder tänka om det kom ut att polisen kollade deras måltider? Det sista kunde Rost vända till sin fördel.

"Det här är så allvarligt att vi blir tvungna att göra en husrannsakan om vi inte kan komma överens på annat sätt. Det är bättre att vi tar det inofficiellt. Då behöver ingen veta att polisen har varit där."

Schulz var inte säker. Varken husrannsakan eller ett inofficiellt polisbesök tilltalade honom och säkert inte hans chef heller. Lösningen verkade självklar när han kom på den.

"Jag lånar hem kvittona. Vi kan se på dem i morgon."

Resten av torsdagen gav inte mycket. Rost ringde på hos grannar till efter sex utan att någon mer kände igen mannen på teckningen. Stig Alm lyckades lokalisera och träffa fem av poliserna som hade hyrt av Strömberg. De pratade mest om hur Sigurd hade varit som hyresvärd. Ingen av poliserna anade att de hörde till skaran av misstänkta för dubbelmordet.

***

Klockan tio fredag morgon ringde Bengt Rost på hos Schulz. Han var väntad och blev för första gången insläppt i lägenheten. Han kände sig genast hemma. Schulz var som han själv ungkarl med korta episoder av kvinnligt sällskap. Det var tydligt att episoderna inte hade haft någon större påverkan på Schulz sätt att inreda och sköta sin bostad. Pynt hade fått ge vika för grabbigare prylar, mest sådant som drevs av batterier. Schultz gjorde plats vid köksbordet och lade fram bongar och kopior på kvitton för den trettonde och fjortonde augusti.

"Det här är för dagarna vi talade om. Sigurd Strömberg och de andra två satt vid bord åtta och det bordet användes inte på torsdagen så det måste har varit på fredagen. De åt och drack tillsammans för ettusenfemtiotvå kronor."

Rost kände på sig att han nog aldrig skulle få tillfälle att testa maten på restaurang Riddaren. Det skulle göra slut på hans matkonto för resten av veckan. Men det viktigaste var inte priset.

"Hur betalade de, kort eller kontant?"

"Kontant. Det är ovanligt vid så höga belopp men en del gäster föredrar kontanter."

Det var som Rost hade befarat. Den som inte vill lämna spår betalar med kontanter. Det gjorde sällskapet ändå mer misstänkt.

"Vill du inte veta vad de åt?" undrade Schulz.

"Jag tror inte att det spelar någon roll."

Men Schulz stod på sig.

"Kanske är det inte helt oviktigt. En av dem, och det kan inte ha varit Sigurd, var noga med att allt skull vara glutenfritt. Han måste ha haft celiaki!"

Efter att ha talat med Schulz återförenades Rost med Stig Alm i Strömbergs lägenhet. Bilden av Sigurds antagonist hade fyllts på med detaljer även om han fortfarande inte var identifierad.

Alm konstaterade: "Jag tror inte att det är mannen som grälade med Sigurd på Rosas som har celiaki. Då hade de nog inte träffats på ett kafé. Du får ta reda på vad han åt på Rosas."

Rost skruvade på sig men hade ingen invändning.

Alm fortsatte: "För att komma vidare behöver vi veta orsaken till osämjan. Det kan ha varit pengar inblandade. Vi börjar med att se på Sigurds och Veras ekonomi."

Det betydde skrivbordsspaning, det var sådant som Stig Alm helst lämnade över till sina assistenter. Eva Graube var fenomenal på att hitta spår bland utgifter och inkomster. Det återstod att se om Bengt Rost kunde leva upp till hennes nivå.

***

Frans Sunesson hade hållit ett extra öga på Lusen under hela eftermiddagspasset. Han undrade fortfarande vem det var som inte var omtyckt och vad det hade att göra med Lusens förflutna. Innan nattens skötare tog över slog han sig ner i dagrummet. Lusen satt framför teven tillsammans med en annan patient och verkade först inte lägga märke till honom. Frans bläddrade i den senaste dagstidningen men sneglade hela tiden mot de två vid teven. Kanske kände Lusen blicken i ryggen, kanske hade han bara tröttnat på det som visades. Vilket det än var så blev resultatet att han lämnade sin medpatient och tog plats mitt emot Frans.

"Du ska väl sluta snart?" Sluta för dagen menade Lusen, Frans förstod.

"Det är tio minuter kvar till överlämningen. Hur har din dag varit?"

Den frågan fick inget svar. Lusen hade i stället en sak som han ville fråga Frans om.

"Har du hört att Sigurd Strömberg har mördats?"

"Du menar den där polisen och hans hustru?"

Lusen bekräftade, det var den pensionerade kriminalkommissarien som han menade. Han hade sett nyheten på Rapport. Nästa fråga från Lusen var svår att förstå.

"Har de hittat revolvern?"

"Vilken revolver? Blev de skjutna med en revolver? Det har jag inte sett något om", svarade Frans.

Vad menade Lusen? Frans hade inte hört något om hur morden hade gått till. Men Lusen ville inte förklara varför han hade frågat om en revolver. Det var som om han genast hade ångrat sin fråga. Och hur skulle Lusen kunna veta vad för slags vapen som hade använts för att mörda paret Strömberg?

Kapitel 8

Lördag var Frans Sunesson och Kerstin Larsson lediga. Kvällen före hade Kerstin ringt och föreslagit lunch på restaurang. När Frans fick veta vilken restaurang slog han bakut.

"Nej, den är för dyr för mig."

"Inte alls, jag bjuder!"

Frans var fortfarande inte övertygad. "Vi kan äta tre gånger för samma pris någon annanstans."

"Tramsa inte, jag sa ju att jag bjuder."

De blev visade till ett reserverat bord av krögaren själv. Han hade hälsat på Kerstin med mycket värme och presenterat sig för Frans som Lars-Olov Bylund.

"Känner du honom?" viskade Frans sedan de hade fått var sin meny, beställt rött vin och blivit lämnade ensamma.

"Bara ytligt", svarade Kerstin. "Jag har suttit på trottoaren utanför och tiggt av förbipasserande."

"Skoja inte med mig. Jag märkte att ni är goda vänner."

"Jag fick en femkrona av honom vid ett tillfälle", svarade Kerstin.

När de hade kommit till kaffet hade Frans fått historien om Kerstins inhopp som tiggerska utanför Lars-Olov Bylunds restaurang. Han hade förstått att det inte var första gången som Kerstin hade klätt ut sig för att ta fast en kriminell. Själv hade han bidragit till konversationen med Lusens kommentar om mordet på Strömberg.

"Han frågade om de hade hittat revolvern, men sedan vill han inte förklara sig."

"Intressant", tyckte Kerstin. "Jag har inte sett någonstans att de blev skjutna."

Efter det avslutande kaffet var Frans spänd på hur notan skulle se ut. De hade inte hållit igen. De hade fått hjälp att välja och övertalats att beställa bland de dyraste alternativen. Kaffet hade kostat fyrtiofem kronor koppen. Han hade haft dåligt samvete ända till dess att han förstod att det var krögaren som bjöd. När de var ute på gatan frågade han om Kerstin ofta åt sin lunch hos Bylund.

"Nej, det här var första gången. Jag var tvungen att tacka ja när han ville bjuda, men det får inte hända igen. Det kan uppfattas som mutbrott eller något åt det hållet."

Frans hade gärna tagit mutor hur många gånger som helst om han fick dem som fri lunch hos Bylund.

***

Under lördagen synade Bengt Rost och Stig Alm Strömbergs ekonomi. Vid tio hade de slagit sig ner med bankkontoutdrag och kopior av inkomstdeklarationer. Det blev ingen detaljerad granskning, bara ett försök att i stora drag jämföra inkomster och utgifter tre år bakåt i tiden. Inkomstsidan var enklast. Sigurd hade haft sin pension och Vera lönen från barnmorskemottagningen. Pension och lön hade gått in på deras gemensamma konto i Handelsbanken. De hade inte levt något lyxliv. De största enskilda utgiftsposterna hade varit amorteringen på bostadslånet och fjärrvärme. De hade haft en ekonomisk buffert på drygt femtiotusen kronor men sällan något sparande därutöver.

"De har amorterat snabbare än normalt på bostadslånet", konstaterade Rost.

"Det stämmer", svarade Alm. Själv amorterade han så lite som möjligt på lånet till radhuset där hans döttrar och ex-hustru bodde.

"Det finns pensionsutbetalningar från fyra håll. Är det normalt?" undrade Rost.

Rost var inte gammal nog för att intressera sig för hur han skulle klara ålderdomen. Stig Alm hade bättre koll.

"Tre utbetalare är nog normalt. Vi får allmänna pensionen, avtalspension och Kåpan Extra. Vilken är den fjärde utbetalaren?"

"*Privatpension* står det i saldobeskeden från banken. Drygt femtusen varje månad."

"Då har han pensionssparat privat. Vi får kolla det sedan. Men med femtusen extra varje månad borde det väl ha blivit pengar över?"

Det hade det blivit om de inte hade amorterat sextusen i månaden på bostadslånet som skulle ha varit helt återbetalt om tre år. Sedan skulle de ha haft pengar över till att förgylla tillvaron under resten av livet. Den planeringen hade dessvärre spruckit.

"Det är lika trist varje gång som man ser att någon har försakat för att trygga ålderdomen och sedan går miste om alltsammans", kommenterade Alm.

Rost hade inte tänkt så tidigare men han var beredd att hålla med. Han hade för egen del inte mycket att försaka, och inte Stig Alm heller som betalade underhåll och boende för sina döttrar.

Vera Strömbergs ekonomi bjöd inte på några överraskningar. Hon hade en modest lön från sin halvtid som barnmorska i öppen vård, det var allt. Det skulle ha blivit en ännu modestare pension om fem år ifall hon hade fått leva. Rost fick en känsla av att Sigurd hade gjort en större förlust än Vera natten då de båda miste livet. Klokt nog behöll han den tanken för sig själv.

"Vi bryter nu och fortsätter i eftermiddag. Kan vi ses vid tvåtiden?"

Det passade bra. Rost skulle få tid att gå en runda i centrum. Det mesta av Stockholm City var obekant för honom och det dög inte när han var där som polis. Han hade sett ut vägen till korsningen Sveavägen och Tunnelgatan, platsen för mordet på Olof Palme. Ett självklart ställe att börja med.

***

På Dagö var lördagar och söndagar i stort sett lika veckans övriga dagar. Klinikens föreståndare höll sig i allmänhet borta under veckosluten om ingenting var i görningen som krävde hans närvaro. Sture Engvall, den mest erfarna av skötarna, såg till att allt gjordes på rätt sätt. Det var först när Bo Engström kollade Lusen som han behövde ingripa.

"Han sover fortfarande och jag får inte liv i honom!"

Hade han fått extra sömnmedel under natten? Sture Engvall kollade i liggaren men det fanns inget antecknat om någon extra medicinering. Han kände på pulsen, den slog helt normalt. Han skickade efter blodtrycksmanschetten och fäste den runt vänster överarm. En aning i överkant, konstaterade han. Inget alarmerande.

"Vi låter honom sova vidare och ser till honom varje halvtimme."

Den tredje gången Bo Engström kollade reagerade Lusen på ett lätt nyp. Efter ytterligare en halv timme öppnade han ögonen och gjorde ett försök att tala. Det blev inte mer än ett mummel. Efter tre timmar satt han i sin fåtölj klädd i morgonrock. Det första som Engström hörde från honom var: "Var är Frans?"

"Frans arbetar i natt. Han kommer vid åttatiden." Lusen slöt ögonen och var okontaktbar resten av dagen.

Frans Sunesson var en kvart tidig när han parkerade sin Skoda. Sture Engvall mötte honom i hallen.

"Lusen har sovit hela dagen. Han frågade efter dig och sedan slocknade han."

Frans fann Lusen sittande i sin fåtölj. Han såg upp när han hörde Frans röst.

"Jag har suttit här och funderat i dag."

"Sture säger att du inte har ätit på hela dagen."

"Jag har inte varit hungrig. Jag har haft mycket att tänka på. Strömberg tog revolvern som de letar efter."

"Vad menar du? Vilken revolver? Vem är det som letar?"

Det svarade Lusen inte på. Frans ville inte pressa fram något, det måste komma spontant. Lusen hade något som han ville berätta, en hemlighet som han bar på. Det var bara en tidsfråga. Frans Sunesson hade tålamod.

***

Söndag eftermiddag landade Kerstin Larssons flyg från Umeå på Arlanda några minuter före fem. Nästa morgon skulle hon börja praktisera som säljare av företagsskydd. Kriminalkommissarie Erik Andersson hade varit tveksam.

"Det finns det inget som hjälper dig om du gör något olagligt. Tvärtom, som polis blir du dubbelt straffad."

Det hade behövts övertalning. Att arbeta *undercover* var det som hon var bäst på och den färdigheten måste tas tillvara. Andersson hade till slut gett med sig. Om det gick bra för Kerstin så skulle framgången spilla över på honom själv.

Den här gången hade hon tonat ner det vulgära och kunde nästan tas för en söndagsledig snabbköpskassörska. Hon hade redan övertygat sin tänkta arbetsgivare om att hon inte var nogräknad när det kom till etik och affärsmoral. Nu var hon en provanställd som kunde anförtros sådant som inte fick föras vidare. Hon måste vara någon som det gick att lita på.

Kerstin drog en resväska med hjul genom Stockholms Central. Väskan var nödvändig. Den var enda sättet att få med en SIG Sauer på flyget. Pistolen var hennes hemlighet. Erik Andersson hade sagt nej om hon hade frågat, han visste ingenting om hennes beväpning. Det var inte meningen att pistolen skulle användas, men den kunde bli hennes räddning när inget annat återstod.

Planen hade varit att lämna väskan i en förvaringsbox på järnvägs-stationen och sedan ta en promenad i den behagliga sensommar-värmen. Synen av flera uppbrutna boxar fick henne att ända sig. Det blev i stället kaffe och en pizzabit på järnvägsstationen och sedan taxi till hotellet med det subventionerade rummet. Föraren, en medelålders man med sydeuropeiskt utseende, placerade hennes väska i bagage-utrymmet och höll sedan artigt upp dörren till baksätet. När han hade fått adressen tog han en extra titt på sin passagerare innan han frågade: "med eller utan kvitto?"

"Utan", svarade Kerstin, utan att reflektera.

Så lätt var det att dras in i gränslandet mellan tillåtet och förbjudet. Det var nog lika bra att vänja sig.

Hotellrummet visade sig vara en svit högst upp i byggnaden, sängen lika bred som lång, en soffa med mjuka kuddar vänd mot storbilds-teven, barskåp med flaskor och tilltugg, badrum med två handfat och väggarna klädda med varmgula kakelplattor.

"Varsågod", sa pickolon som hade hjälpt henne med väskan, "allt är inkluderat. Frukost i matsalen mellan sju och tio."

"Men, det är alldeles för mycket. Det kan inte vara rätt. Jag ska ha ett rum för femtio kronor natten."

"Det är Företagsskydd som har bokat. Då kostar rummet femtio kronor."

Det var en förklaring som inte förklarade någonting, inte förrän hon hade blivit lämnad ensam och fått tid att samla tankarna. Det låga priset måste vara en del av hotellets betalning för skydd, för att slippa få gästerna trakasserade och möblerna sönderslagna. Det var något som hotellet hade tvingats acceptera. En kundansvarig från Företagsskydd hade erbjudit skydd, hade blivit avvisad, hade sedan ordnat en demonstration av vad som drabbar den som inte köper deras tjänster. Efter en god natts sömn i den generösa sängen skulle hon själv vara den som med förtäckta hot om tråkigheter tvingade företagare att köpa skydd. Det var med ett sting av dåligt samvete som Kerstin hämtade en Zingo ur barskåpet.

Kapitel 9

Måndag morgon en kvart efter sju lämnade Kerstin sin svit för frukost i hotellmatsalen. Där var redan gott om folk, övervägande kostymmän. Hon granskade dem, undrade om kundansvarige Billström och hans medhjälpare hade rum på hotellet. Det verkade inte så. Hon hade bra signalement från Bylund efter parets besök på hans restaurang: en lång och en kort, båda ovårdade med illasittande kostymer, men här såg samtliga propra ut.

Även frukosten intogs med dåligt samvete, inga extravaganser, endast det mest basala. Ingen skulle kunna påstå att hon utnyttjade situationen.

De åkte i Sörens bil.

"Du håller dig i bakgrunden, lyssna och lär!"

Sören var utsedd till hennes handledare. Han var nog inte mer än trettio men utstrålade ändå ett stort mått av självförtroende. Situationen påminde Kerstin om hennes första fotpatrull som polisaspirant. Skillnaden var att hon själv var beväpnad men förhoppningsvis inte hennes handledare. Pistolen låg i axelremsväskan, magasinet hade hon i jackans innerficka.

"Vi börjar med ett förstabesök. Vi har inte varit där tidigare men kunden har nog hört talas om oss. Det blir kanske lite motigt men det spelar ingen roll. Vi kör på ändå och förklarar hur farligt det har blivit för oskyddade företag. Det är viktigt att de får våra kontaktuppgifter."

Samma upplägg som i Umeå, konstaterade Kerstin. Hon undrade vem den tilltänkte kunden skulle vara. Säkert har Sören något otrevligt i beredskap om det blir nej tack.

"En speditör, ett gammalt familjeföretag. Vi är snart framme."

Var någonstans var de? Kerstin hade ingen aning. Husen verkade vara från femtio- eller sextiotal. En blandning av bostäder och industri. Sören stannade bilen framför en inhägnad tomt med ett stort garage och något som kunde vara en kontorsbyggnad. Grinden för gående stod halvöppen. Sören gick först, Kerstin blev stående en kort stund och granskade omgivningarna innan hon följde efter. Sören kände på kontorsdörren, den var olåst, båda gick in. Ingen syntes till men någon talade i telefon i närheten, en kvinnlig röst, Kerstin hade hört den tidigare. Med ens förstod hon vem som var deras tilltänkta kund.

"En kvinna, det är nog bäst att jag går först. Vänta här!"

Sören blev stående, överraskad av praktikantens befallande röst. Hon hade dittills varit lågmäld och försynt. Innan han hade hunnit reagera var hon borta, försvann genom en dörr som stod halvöppen och stängde den bakom sig.

Det var mycket riktigt Eva Graube, tjänstledig polisassistent och nu företagsledare, som satt med telefonen mot örat. Hon visade först en irriterad min mot besökaren som klev in i hennes kontor utan att knacka, sedan förvåning. Kerstin satte pekfingret framför munnen. Eva förstod och avslutade telefonsamtalet utan förklaring.

"Spaning, du känner inte mig. Spela med!"

Resten av besöket på Graubes åkeri förlöpte så som Sören hade förväntat sig. Kerstin höll sig lydigt i bakgrunden, kunden ville inte kännas vid något behov av skydd och till slut blev de ombedda att lämna. Det passade bra, de skulle hinna med en kund till innan lunch. Sören körde norrut, så mycket förstod Kerstin.

"Vi gör ett återbesök hos speditören nästa vecka. Många kollar upp och ändrar sig när de förstår fördelarna med att köpa skyddet."

"Annars då, om de fortfarande säger nej?"

"Det lämnar vi till Landström. Det brukar ordna sig."

Nästa kundbesök var på en damfrisering. Tre stolar, men bara en ensam företagare. Hon skrev på efter tio minuter. När de återvände till kontoret viskades det om ett polisbesök under förmiddagen. Nej, det hade inte haft något att göra med Företagsskydd. Det var visst något helt annat.

***

För Stig Alm och Bengt Rost hade måndagen kunnat bli inledningen på en vecka fylld av siffergranskning om inte Schulz, kocken med en lägenhet våningen ovanför paret Strömberg, hade ringt Stig Alm.

"Du bad mig att ringa om jag kom på något."

Det hade Alm gjort. Det är sådant en polis alltid gör efter att ha hört någon upplysningsvis.

"Ni ville veta vilka som åt tillsammans med Sigurd Strömberg på fredagen för ett par veckor sedan."

Bengt Rost märkte att Alm spände sig. Något var på gång.

"Ja, har du kommit på något?" frågade Alm.

"Inte kommit på precis, jag hörde med Pablo som serverade den dagen."

Det var alldeles klart att något var i görningen. Rost kände det i luften.

"Och?" Alm väntade på fortsättningen.

"Pablo var säker på vem den ena är, den som betalade."

"Visste han namnet?"

"Rustholm, Knut Rustholm."

Nu hände något med Alm. Han kände igen namnet.

"Var han säker på namnet, att det är rätt person?"

"Ja absolut, han hade mött honom tidigare. Vet du vem han är? Känd av polisen kanske?"

Stig Alm tackade för upplysningen utan att förklara. Han visste mycket väl vem Knut Rustholm var. Känd av polisen, men inte för att han var kriminell utan för att han själv hade varit polis. När Alm inte genast förklarade var Rost tvungen att fråga.

"Det finns ett problem med Rustholm. Vi, Eva och jag, spanade på hans bil för några år sedan. Det var inte meningen att han skulle märka något men det gjorde han. Han hotade att anmäla oss för trakasseri och intendent Stark förbjöd all vidare kontakt med Rustholm."

"Men, om han träffade Strömberg, det måste väl kollas?"

"Inte utan Skarps tillstånd."

Bengt Rost behövde inte tänka länge innan han hade lösningen på problemet.

"Jag kan träffa honom. Rustholm känner inte mig. Det är inget konstigt med att jag vill tala med honom när någon som han känner har blivit mördad."

Det var känsligt. Den rätta vägen var att få klartecken från intendent Skarp och sedan avtala en tid med Rustholm. Men, om Rustholm hade något att göra med morden skulle han bli förvarnad. Han skulle ha en förklaring till mötet med Strömberg och ett alibi för mordnatten färdigt.

"Du har rätt. Ingen har förbjudit dig att ta kontakt."

"Jag kan ta det direkt. Var hittar jag honom?"

"Han är VD på säkerhetsföretaget *SafeHome*. Företaget finns i Ropsten."

"Är det något särskilt att tänka på? Något som du vill att jag ska fråga om eller undvika?"

"Hör bara med honom rent allmänt hur väl han kände Sigurd Strömberg. Fråga om han träffade Sigurd på Riddaren fredagen den fjortonde augusti. Och om han var där, vem var då den tredje mannen?"

"Ingenting om alibi för mordnatten då?"

"Nej för helvete, ingenting som kan få honom att tro att han är misstänkt."

Det sista kom med sådan emfas att Rost ångrade frågan.

Klockan var strax efter elva när Stig Alm släppte av Rost vid ett femvåningshus på Bobergatan där SafeHome hade affärslokal och kontor. Varken Alm eller Rost visste det, men Kerstin Larsson, som var ute och hotade företagare, hade samma adress som bas för sina raider.

Rost gick in ensam. Lokalen var inredd så som han hade väntat sig. Dörrar och fönster försedda med larmanordningar tog upp det mesta av utrymmet i lokalen. Längst in fanns kundmottagningen. Den var obemannad när Rost först såg sig omkring men plinget i entrédörren hade larmat en man i fyrtioårsåldern som dök upp bakom disken innan Rost hade hunnit fram. Han var mager och såg minst av allt ut som en före detta polis.

"Kan jag hjälpa till?"

"Jag söker Knut Rustholm. Är han inne?"

Mannen med det o-polisiära utseendet studerade Rost med ett nyvaket intresse.

"Vem är det som frågar?"

"Polisassistent Rost, NOA."

Många anar oråd, undrar vad som är på gång när en medarbetare från NOA dyker upp oanmäld. Mannen bakom disken hörde inte till den kategorin.

"Ett ögonblick så ska jag se om direktören är ledig."

Efter en halv minut återkom samma man med ytterligare en man i sällskap, en man som tveklöst platsade som före detta polis. Han var huvudet högre än sin ledsagare, halva huvudet högre än Rost, bred över axlarna och rak hållning. Han verkade vara i Stig Alms ålder eller kanske några år äldre. Han granskade Rost som om det gällde att lägga ett signalement på minnet innan han yttrade sig.

"Det är inte ofta som NOA hälsar på. Vad gäller det?"

"Kan vi tala ostört någonstans?"

Rost blev invisad till ett kombinerat kontor och sammanträdesrum. Rustholm pekad mot ett ovalt bord omgivet av åtta stolar.

"Varsågod och tag plats. Kan vi hoppa över småpratet och gå rakt på varför NOA gör mig den äran?"

Rost, som aldrig hade varit en entusiastisk småpratare, nappade tacksamt på förslaget.

"Sigurd Strömberg och hans hustru Vera mördades i sitt hem i Södertälje natten till den första september. Kan du berätta något om honom?"

Frågan hade kunnat besvaras med ja eller nej, Rustholm gjorde ingetdera.

"Vem har skickat dig hit?"

Det var ingen bra vändning på samtalet. Stig Alms namn skulle inte mottas väl.

"Intendent Skarp på NOA är förundersökningsledare."

Det var ett bra försök, hade kanske lyckats med någon annan än Rustholm.

"Det var inte det som jag frågade om. Skarp skulle ha ringt och avtalat tid. Är det Alm som ligger bakom det här?"

Det gick inte att förneka. Han väntade dessutom i bilen på gatan.

"Det är Stig Alm som sköter det taktiska. Han och en av Skarps inspektörer."

"Du får hälsa Alm att om han har något att fråga mig om får han göra det personligen. Men först ska jag tala med Skarp. Mötet är avslutat."

Det hade inte gått tio minuter när Stig Alm såg Rost komma ut från SafeHome. Han märkte genast att samtalet med Rustholm inte hade gått bra. När Rost hade rapporterat visste Alm dessutom att han hade att se fram emot ett långt ifrån angenämt möte med intendent Skarp. Alm plockade upp mobilen ur innerfickan och hittade numret till Skarp. Det var bättre att Skarp fick hans version innan han fick Rustholms. Han fick endast en upptagetton, Rustholm låg steget före.

Intendent Skarp hade varit på väg att lämna sitt kontor för lunch när han fick samtalet. Det gällde Stig Alm.

"Din inspektör är på mig igen. Jag lät nåd gå före rätt förra gången som han förföljde mig, men det är slut med det nu. Alm ska avlägsnas från allt spaningsarbete och ditt sätt att leda arbetet ska granskas."

Skarp hade lovat Rustholm att Stig Alm inte skulle trakassera honom, att han skulle hållas på betryggande avstånd så att de inte riskerade att möta varandra. Hans första tanke var att det inte kunde vara sant. Det var något som Rustholm måste ha missuppfattat. Att ta kontakt med Rustholm utan klartecken var ett flagrant brott mot givna order. Vem skulle göra något sådant? Ingen utom…, ingen utom *Stig Alm.*

Det var inte alls bra att en av hans underlydande blev anmäld. Det kunde se ut som dåligt ledarskap och det skulle slå tillbaka på honom själv. Gick det att få Rustholm att ta reson?

"Jag är uppriktigt ledsen att du har blivit besvärad av Alm. Det är tvärt emot mina instruktioner och utan min vetskap. Naturligtvis kan du göra en anmälan, men är det inte bättre att vänta till i morgon och låta mig tala med honom först? Du vet säkert att Alm kan vara omöjlig att styra. Han är känd för att använda metoder på gränsen till det otillåtna. Det har ingenting att göra med min förmåga att leda."

Det blev tyst i telefonen. Det var som om Rustholm övervägde förslaget.

"Jag avvaktar ett par dagar med att anmäla dig och Alm. Men det är på ett villkor."

Intendenten höll andan och väntade på fortsättningen.

"Du håller mig utanför det ni håller på med. Jag har inget att göra med det som hände Sigurd Strömberg och hans hustru. Vi arbetade tillsammans en tid på åttiotalet, Sigurd och jag, men sedan har vi inte haft någon kontakt. Det finns inget att gräva i. Du håller mig utanför och jag anmäler inte Alms trakasseri och ditt dåliga ledarskap. Är vi överens?"

Intendenten åt sin lunch utan större aptit. Det skulle kanske gå vägen, bara han kunde få Alm att ta reson. Före detta kollegan Rustholm var tabu.

***

Frans Sunesson började veckan med ett nattpass. Till sin lättnad fann han att Lusen återigen var sitt vanliga jag. Han svarade med ett halvt leende på Frans hälsning när de möttes i dagrummet. Klockan hade blivit nio och tre patienter följde en nyhetssändning på teven. Ett kort inslag handlade om mordet på paret Strömberg. Det fanns ingen misstänkt och motivet var okänt. Frans fick en hastig blick från Lusen men ingenting blev sagt, inte förrän klockan elva då han ensam gick rundan och släckte.

"Han tog revolvern. Han fick betalt för att hålla tyst."

"Vad höll han tyst om?"

Det fick Frans inte veta. Lusen drog upp lakanet över axlarna och vände sig mot väggen.

***

Det hade hunnit bli kväll när Eva Graube äntligen fick en förklaring till det oväntade mötet med sin kollega. Kerstin Larsson hade tänkt låta det stanna vid ett telefonsamtal men Eva bjöd hem henne till sin bostad. Kerstin tvekade.

"Jag är inte hemmastadd här. Rinkeby är väl ganska långt bort?"

"Jag bor inte i Rinkeby längre. Jag har flyttat till Abessinien."

"Abessinien?"

"Det är inte så avlägset som det låter. Abessinien ligger i Hjorthagen. Du kan gå från hotellet eller ta en taxi. Begär kvitto, jag betalar."

Kerstin promenerade från sitt hotell till Nimrodsgatan med pistolen i axelremsväskan. Vid Evas adress fanns en brun trevåningslänga, en av många. Hon fick gå trapporna upp till lägenheten på tredje våningen. Eva höll upp dörren.

"Hej, kul att se dig igen!"

Kerstin hade känt något i magen inför mötet. Deras tidigare relation hade inte varit av det hjärtliga slaget. Kerstin, med mindre erfarenhet i polisyrket än Eva, hade ansträngt sig för att bevisa att hon var minst lika bra som spanare och utredare. Nu, när de möttes privat, släppte obehaget sitt grepp.

Rundvandringen i lägenheten gick snabbt. Ett sovrum, vardagsrum, kök och ett litet matrum, det var allt. Inte ett spår av flärd och lyx. Möbleringen var enkel och funktionell. Det var inte så som Kerstin hade föreställt sig att företagaren Eva Graubes bostad skulle se ut.

"Din lägenhet i Rinkeby, den är väl minst lika stor?"

"Större faktiskt, men det här läget är bättre. Närmre åkeriet och mycket trevligare omgivning. Jag har kontrakt på Rinkebylägenheten året ut, sedan lämnar jag den. Vad vill du dricka?"

Det blev ett och sedan ytterligare ett glas rosévin under tiden som Kerstin förklarade hur det kom sig att hon dök upp på Graubes åkeri utan förvarning. Eva kände inte till aktiebolaget Företagsskydd, men SafeHome i samma lokaler var hon väl bekant med.

"Ett konstigt sammanträffande, det behöver inte betyda något, men för några år sedan var jag med och spanade på Knut Rustholm. Han har tidigare varit polis, men är nu boss på SafeHome. Egentligen körde vi runt i Danderyd och fotade misstänkta knarkkurirer. Rustholm bor i området och Stig tycket att vi skulle kolla honom."

"Varför då? Sysslar Rustholm med knark?"

"Klart han inte gör. Det var något annat."

"Annat?"

"Ja... Det var en idé som Stig hade. Jag säger inte mer så har jag inte skvallrat på Stig."

Det blev sent, det var mycket i deras gemensamma förflutna som de aldrig tidigare hade haft tillfälle att tala om. När Kerstin insåg att det var dags att lämna var klockan redan halv ett. Det fick bli taxi till hotellet.

"Det bor en friåkare i lägenheten under. Han tar gärna en körning på kvällen om han är hemma. Han heter Bobby och är från Egypten."

Det var ingen lång körning till hotellet, det tog knappt tio minuter med en liten omväg.

"Du kör inte kortaste vägen", påpekade Kerstin.

"Nej, jag behöver några kilometer extra på taxametern."

"Vad menar du, ska jag betala för dina extra kilometer?"

De var framme nu, Bobby vände sig mot henne med ett brett leende.

"Du är Evas vän, du åker gratis. Det var bara taxametern som behövde extra kilometer."

Det var inte lätt att förstå. Ett förstklassigt hotellrum för femtio kronor och nu en gratis taxiresa. Det var väl inte så att...

"Känner du till Företagsskydd, är du kund där?"

Bobbys leende försvann snabbt.

"Jag har hört om dem men de får inget från mig. Jag har ett bättre skydd som de inte ger sig på."

Kapitel 10

Tisdag morgon tog det emot att göra promenaden från hotellet till Företagsskydd. Ett par småföretagare skulle besökas på förmiddagen. Den första var ett återbesök hos en andra generationens invandrare som hade en butik med mobiltillbehör. Sören hade varit där en vecka tidigare och blivit kaxigt bemött av den ensamma innehavaren. Nu hade Landströms grabbar gjort en visit, jagat ut ett par kunder på gatan och sedan slagit sönder några glasmontrar. Det borde vara tillräckligt för att nysvensken skulle begripa sitt eget bästa. Det var inte exakt vad Sören hade sagt dagen innan men Kerstin hade förstått och hon såg inte fram mot besöket. Pistolen var med som vanligt, nej inte riktigt som vanlig. Den här morgonen var den laddad med ett fullt magasin. Den extra tyngden kändes i axeln.

"Vi ska till Solna Centrum", förklarade Sören under färden längs E-20.

"Vid kundmötet håller du dig bakom mig."

Han mindes hur Kerstin hade sprungit i förväg hos åkaren. Det fick inte hända igen.

När Sören ställde bilen på en handikapplats fick Kerstin hejda sig för att inte protestera. Hon var inte med för att upprätthålla lag och ordning. Tvärtom, hot och utpressning var numera hennes business och skenet måste upprätthållas. Det var lätt att glömma.

Ägaren till butiken med mobiltillbehör, en man i trettioårsåldern med sydländskt utseende, ryggade tillbaka när han kände igen Sören. Han var ensam i butiken. Kerstin såg sig omkring. I två montrar hölls glaspanelerna ihop med tejp. Det kunde knappast vara annat än resultatet av Landströms grabbars påhälsning. Kerstin höll sig lydigt bakom Sören som själv höll fram höger hand för att hälsa. Handen blev hängande i luften, ägaren gjorde ingen ansats att välkomna sina besökare. Det var Sören som till slut tog till orda.

"Det ser ut som att något har hänt här. En missnöjd kund kanske?"

Ägaren mötte hans blick utan att blinka, höger hand dold bakom ryggen.

"Du vet exakt vad som har hänt. Du bad mig att tänka över ditt erbjudande om skydd och lämna ett svar när du återvände. Jag har tänkt färdigt och här har du mitt svar."

Sedan gick det så fort att Kerstin efteråt inte var säker på vad som hade hänt. Butiksinnehavaren hade plötsligt en kniv i höger hand och stötte mot Sören som inte hann undan. Kniven skar in någonstans i överkroppen och Sören skrek av smärta och skräck samtidigt som angriparen högg igen, den här gången mot benen. Det var ingen tvekan om avsikten. Sören skulle aldrig mer använda hot och utpressning för att tvinga någon köpa skydd. Sören föll och låg framstupa på golvet i muslimsk böneställning färdig att ta emot ännu ett hugg när en skarp knall satte stopp för vidare knivning. Kerstin höll pistolen i handen och den var riktad mot knivmannen.

"Stopp, jag skjuter", skrek hon för full hals.

Det var tillräckligt för att frysa situationen. Den blodiga kniven hamnade på golvet, butiksägaren stod orörlig, Sören låg kvar på golvet men vred på huvudet för att se vad som hände.

"Upp på benen", beordrade Kerstin. Det var återigen den befallande rösten som hon hade använt vid besöket hos åkaren. Vem var hon egentligen? Sören tog stöd med höger arm, kom upp till knästående och fick sedan Kerstins hjälp att resa sig helt. Han behövde inte uppmanas för att stappla ut till bilen. Det hade varit helt rätt att lämna den på en handikapplats.

Sören tog trots protester från Kerstin plats bakom ratten.

"Jag kör till Karolinska. Jag hittar och det är bara en kort bit."

Kerstin spejade efter förföljare när de lämnade parkeringsplatsen. Det verkade inte som om någon brydde sig.

"Du har en pistol. Sköt du honom? Vem är du?"

Sören hade hämtat sig så pass att han började tänka. Han fick bara svar på en av frågorna.

"Jag sköt honom inte. Kulan tog i väggen."

Det verkade lugna Sören. Minst av allt ville han bli inblandad i en dödsskjutning. De lämnade bilen utanför akutintaget utan något försök att finna en parkeringsplats. Kerstin hjälpte Sören in genom entrén, sedan fick han klara sig själv. En taxi tog henne tillbaka till hotellet utan någon omväg. Uppdraget som spanare i Stockholm var avslutat. Hon hade inte lämnat ut sitt riktiga namn, och Sören hette nog inte Sören. Nästa taxi tog henne och resväskan med pistolen till Arlanda.

***

Det var tisdag morgon och Bengt Rost väntade ensam i Stig Alms rum på NOA. Alm var inkallad till intendent Stark för ett samtal. Rost tvivlade inte på att det handlade om besöket hos Rustholm föregående dag.

Det hade varit ett misstag att kontakta Rustholm utan klartecken från intendenten. Rost tyckte ändå att Rustholm hade överreagerat. Själv hade han varit artig, inte på något vis kommit med anklagelser, bara undrat om Rustholm hade något att säga om Sigurd Strömberg. Hur kunde det vara provocerande? Och vad skulle det leda till? Kanske var uppdraget vid NOA avslutat för hans del. Att återvända till Umeå efter ett självförvållat misslyckande skulle inte se bra ut. Det skulle inte bli lätt att möta kollegan Kerstin Larsson. Hon vuxit i aktning efter flera framgångsrika uppdrag medan han själv mest hade varit en blek figur i bakgrunden, en som gjorde sitt jobb men inte mycket mer.

Alm dök till slut med bekymrade ansiktsdrag och ett papper i handen. Rost väntade med spänning på domen medan Alm än en gång läste instruktionerna som han hade tvingats lova att följa.

"Skarp bakbinder våra händer. Ingen, absolut ingen, får höras utan hans tillstånd. Rustholm ska vi inte alls bry oss om. Han har inget med morden att göra. Det har han själv förklarat för Skarp."

Rost såg att Stig Alm inte delade intendentens åsikt och det gjorde inte han själv heller.

"Men vi måste väl ta reda på varför han träffade Sigurd Strömberg på restaurang Riddaren och vem den tredje mannen var?"

"Vi får vänta till dess Skarp och Rustholm har lugnat sig. Vi kan inte tvinga Rustholm, han är inte misstänkt för något brott. Vi har annat att göra under tiden."

Efter att ha kollat e-posten (inget som inte kunde vänta) var de återigen på väg till Strömbergs lägenhet i Södertälje. Den var grundligt genomgången för att säkra teknisk bevisning som kunde fälla de ansvariga för morden, men det var endast den ena sidan av polispusslet. Alm hoppades att de någonstans skulle hitta en förklaring till morden. Det måste ha funnits ett starkt motiv. Att hitta motivet kunde vara ett sätt att lösa mordgåtan. Den här förmiddagen skulle ett sådant motiv uppenbara sig, inte självklart, men med efter en del grävande började bilden klarna.

Rosts hyresrum hade haft många inneboende, kanske även Strömbergs mördare. Bokhyllan var det enda med personlig prägel som fanns kvar sedan rummet i övrigt hade rensats för att ge plats åt hyresgästernas egna saker. Alm granskade de fåtaliga böckerna, Rost tog sig an de inramade fotografierna. Böckerna, romaner och några deckare, innehöll ingenting som väckte Alms nyfikenhet. De var troligen valda med tanke på hyresgästen men hade ändå blivit fel. Rosts intresse för litteratur var mycket smalt. Läste han något var det biografier.

På ett hyllplan stod fem inramade fotografier, fyra i färg och ett svart-vitt. Det största var ett bröllopsfoto med paret Strömberg, hon klädd i en ljusblå dress, han iförd en mörkblå kostym med väst. Båda log mot fotografen. Säkert hade de hoppats få åldras tillsammans men så hade det inte blivit. De tre övriga färgfotona föreställde uppklädda ungdomar i de övre tonåren. Rost gissade att de var tagna vid skolexamen.

Det var det femte fotot, det svart-vita, som fick Rost att rynka pannan. Det visade en flicka sittande på en stol. Hon kunde vara elva, tolv år gammal. Hon satt lite snett i stolen med huvudet lutat åt vänster och blicken upp mot taket. Hon var inte klädd i sina bästa kläder som de övriga, eller kanske var hon det? I så fall hade det inte ansetts motiverat att förse henne med en garderob för festliga tillfällen. Kanske hade hon ett handikapp?

"Ta ut bilden och se om det står något på baksidan", uppmanade Alm.

Rost vek försiktigt undan två metalltungor vid den ena långsidan och fick loss bakstycket som höll fotot på plats i ramen. Stig Alms misstanke besannades. De läste samtidigt noteringen gjord med blyerts på kortets baksida: *Rita 1999*.

Vem var Rita och varför hade Strömberg hennes fotografi inramat i bokhyllan? Varken Vera eller Sigurd hade egna barn.

Böckerna och fotografierna såg ut att vara det enda värt att syna i hyresrummet. Stig Alm förstod att Rost inte hade något emot en paus.

"Vi kan fixa kaffe i köket."

Rost var inte svår att övertala.

"Jag kilar ut och köper något att äta."

Utanför lägenhetsdörren stötte han ihop med brevbäraren, en kvinna i trettioårsåldern. Hon gav honom en undrande blick som fick honom att förklara sin närvaro i mordoffrens lägenhet.

"Jaså, polisen. Det borde jag ha förstått men du ser inte direkt ut som en polis. Det kommer en hel del post till Strömbergs som jag returnerar till avsändarna."

Det fick Rost att nästan glömma vad för slags ärende som han var ute i.

"Returnerar, det är inte bra. Strömbergs post måste granskas. Den är utredningsmaterial!"

"Men det är så vi gör när adressaten inte är nåbar", förklarade brevbäraren.

Rätt eller fel, Rost såg ingen anledning att argumentera.

"Har de någon post i dag?"

"Bara ett brev. Det ligger kvar i bilen. Om du följer med..."

Minuten senare återvände Rost till lägenheten utan wienerbröd men med ett vitt kuvert försett med en logga. Med Stig Alm som åskådare och en kökskniv som hjälpmedel fick han ut innehållet.

"Det verkar som om Strömbergs ligger efter med betalningar."

Brevet var inte långt men det kunde inte missförstås.

> Det är med beklagande vi tvingas meddela att avgiften för vården av Rita har uteblivit tre månader i rad. Den sammanlagda skulden uppgår nu till sextiotre tusen kronor. Vi emotser att få skulden reglerad inom en vecka.

"Vem är det som kräver betalt?"

Längst ner fann Rost uppgiften som Alm frågade efter: *Vårdhemmet Sollyckan*, med en adress i Trosa.

Alm var snabbast i huvudräkning: "Det blir över tjugotusen i månaden! Det har de inte betalat med sina pensioner. Varifrån har pengarna kommit?"

Rost kom till samma resultat.

"Någon annan måste ha betalat!"

De hade inlett dagen utan några större förhoppningar om nya ledtrådar som skulle hjälpa dem att finna förklaringen till att två människor hade mist livet. Kunde tjugoentusen kronor i månaden vara svaret på gåtan? Hade det handlat om utpressning? Då måste det ha funnits en koppling mellan paret Strömberg och flickan Rita. Flickan Rita skulle dessutom inte längre vara en flicka om hon var i livet. Hon borde vara på väg mot trettio vid det här laget.

"Vi bryter här och åker till Trosa. Rita kanske kan förklara."

Bengt Rost hade endast en invändning:

"En snabbfika skulle sitta fint!"

En timme senare stannade Stig Alm bilen framför en envånings-byggnad med ljusblå träfasad och vita fönsterfoder. Adressen stämde, det var där som Vårdhemmet Sollyckan skulle finnas men ingenting påminde om ett vårdhem, det liknade mest av allt ett kulturminnes-märkt gathus. Det fanns ingen ingång från gatan men de hittade två trappsteg som ledde upp till en dubbeldörr på vänster gavel. En medelålders dam i sjuksköterskeuniform av gammalt snitt öppnade och betraktade de oväntade besökarna med en undrande min. Stig Alm visade sin legitimation och förklarade att de kom från polisen.

"Är detta Sollyckan?"

Det var Sollyckan, det bekräftade den uniformsklädda med ett tydligt *"ja"*.

"Vi har några frågor. Får vi komma in?"

Damen i uniformen spärrade fortfarande vägen för dem. Det såg ut som om hon övervägde vilka handlingsalternativ som stod till buds.

"Vi har inget otalt med polisen!"

"Nej, det är inte alls på det viset", förklarade Alm. "Vi skulle vilja byta några ord med en av era patienter."

Nu såg Rost ett drag av misstro i den motsträviga kvinnans ansikte. Det var något som var fel.

"Det går inte. De talar inte med någon."

Men Alm stod på sig:

"Det är bara några enkla frågor. Om vi får komma in och förklara."

"Jag säger att det inte går. Våra patienter kan inte svara på frågor. De har aldrig lärt sig att prata. Men varsågod och stig in. Jag heter syster Rut."

Vid det laget hade både Stig Alm och Bengt Rost börjat se sammanhangen. Det var något med kortet på Rita som hade gjort dem konfunderade. Hållningen och blicken som inte fokuserade, någonting var fel. De fick sina farhågor besannade när de hade slagit sig ner i ett litet men bekvämt inrett rum med fönster mot gatan.

"Sollyckan är ett privat vårdhem med fyra plaster för gravt handikappade vuxna", förklarade syster Rut.

"Vi ger bästa möjliga omvårdnad till patienter med svår utvecklingsstörning. Varje patient ges möjlighet att utifrån sina förutsättningar utvecklas så långt som möjligt. Varje patient har sin egen vårdare. Det är sådant som skiljer oss från landstigets sätt att ta hand om förståndshandikappade."

Det lät som en inövad föreläsning, något som användes när de sökte bidrag till verksamheten. Bengt Rost hade gärna tackat och lämnat men Alm var inte riktigt färdig.

"Vi kom för att träffa Rita. Nu förstår jag att hon inte kan hjälpa oss med det som vi ville fråga om. Får jag i stället fråga dig vem som betalar hennes vårdavgift?"

Svaret var en överraskning.

"Ville ni träffa *Rita* så har ni kommit för sent. Hon flyttade härifrån i går."

"Var det den uteblivna avgiften?" undrade Alm.

"Nej, den är betald nu. Men Rita skulle ändå flytta till ett annat hem."

Alm fortsatte: "Vilka är hennes anhöriga? Vem har betalat för vården?"

"Ritas mor avled för många år sedan. Någon far känner vi inte till men hon har en vårdnadshavare som har betalat för henne. Jag vet inte om jag får avslöja vem det är."

Det behövde hon inte göra.

"Vi vet redan. Det var Sigurd Strömberg som betalade. Han fick ett kravbrev på uteblivna avgifter."

Nu verkade syster Rut förlägen.

"Ja, det är inte roligt att tvingas skicka kravbrev men vi behöver verkligen få in pengarna. Jag hoppas att han inte tog illa vid sig."

Det hade han inte gjort och anledningen måste förklaras:

"Sigurd Strömberg hann aldrig få brevet. Han avled för en vecka sedan."

Rost såg att syster Rut inte trodde på Alms besked.

"Det kan han omöjligt ha gjort. Jag träffade honom i går när de hämtade Rita."

Nu var det Alms tur att tvivla.

"Du säger att du träffade honom i går! Hur väl känner du Sigurd Strömberg?"

"Kände honom gjorde jag inte. Jag har inte sett honom under de tre år som jag har arbetat här. Men han ringde i förväg och talade om att Rita skulle flyttas."

Med ens förstod Alm att de nu hade ytterligare ett komplicerat polisärende. Någon som påstod sig vara Sigurd Strömberg hade efter Strömbergs död fört bort kvinnan som hade haft Sigurd Strömberg som vårdnadshavare. Men hade han verkligen bekostat hennes uppehälle? I varje fall inte med den pension och lön som han och hans hustru levde av. Varifrån hade pengarna kommit? Och vad hade hänt med Rita?

Syster Rut försökte finna en förklaring:

"Det kanske finns två Sigurd Strömberg?"

Det lämnade Alm utan kommentar.

"Hur hämtades Rita? Var de fler än en?"

"Det var Strömberg *(det måste det väl ha varit?)* och en medhjälpare. De körde henne i en rullstol ut till en skåpbil, en sådan där med en lyft baktill."

"Skrev de på några papper?"

"Nej, det behövdes inte. Han var vårdnadshavare och allt var betalt."

Nu kunde Rost inte hejda sig längre:

"Vart förde de henne?"

Det hade varit Alms fråga också om inte hans assistent hade hunnit före. Syster Rut granskade golvet under tiden som hon sökte efter svaret.

"Det måst väl ha varit till något av landstingets hem för handikappade?"

Svaret blev som en fråga. Det såg inte bra ut. Rost skulle få göra efterforskningar. Någonstans i byråkratin måste det finnas en samordnare som vet var kommunen tar hand om sina handikappade.

Alm fortsatte: "Hur såg han ut som kallade sig Strömberg?"

Syster Rut behövde tänka innan hon kom med svaret. Sedan lät hon säker på sin sak.

"Medellängd, mellan femtio och sextio år, slätrakad."

"Någon dialekt?"

"Nej, ingen speciell. Han lät som vanligt folk."

"Den andre då? Fick du något namn?"

Rut skakade på huvudet.

"Nej, inget namn och han sa ingenting som jag hörde. Men han verkade vältränad."

"Ålder?"

"Närmare sextio skulle jag tro."

Det såg illa ut för Rita. Om det hade varit farligt för någon att låta henne bli kvar på Sollyckan så var det nog farligt var hon än var placerad. Kanske var det inte för sent att rädda henne men då måste de som hämtade henne identifieras. Det var inte otänkbart att det var några som de redan hade stött på.

"Vi tackar för oss, men min kollega kommer att återvända och visa några fotografier i eftermiddag. Du kanske känner du igen någon av männen på korten."

Återfärden gick snabbare än framresan. Stig Alm ville få fotokonfrontationen avklarad snarast möjligt.

"Vad tror du Bengt, två okända förde bort Rita. Vilka kan de ha varit?"

Rost hade haft sin uppfattning klar redan innan de lämnade syster Rut.

"Signalementen stämmer bra på Rustholm och den andra mannen som åt på Schulz restaurang tillsammans med Strömberg."

"Exakt mitt intryck. Du får visa Rut fantombilden på den okända och några andra tecknade porträtt. Ta dessutom med kort på Strömberg, Rustholm och några andra män i samma ålder."

Kvart över fyra släppte syster Rut för andra gången samma dag in Bengt Rost till det inre av vårdhemmet Sollyckan. Den här gången var han väntad och erbjöds eftermiddagskaffe tillsammans med syster Rut och syster Agneta, den senare en finlemmad kvinna i fyrtioårsåldern. Rost tackade ja utan ett ögonblicks tvekan.

Det hade varit snärjigt att hitta lämpliga kort och framför allt teckningar. Männen måste vara i rätt ålder och fick inte avvika för mycket i utseende från Rustholm och den okända på fantombilden från Rosas kafé. Tre teckningar hade till slut vunnit Alms gillande. Det var i minsta laget om de hade varit ute efter bevis, men nu gällde det mest att få en misstanke bekräftad, det fick duga.

Syster Agneta sneglade mot Rost med en blandning av nyfikenhet och misstänksamhet. Hon hade känt och tagit hand om Rita ända sedan hon hade blivit patient Sollyckan.

"Hon var tjugoett när hon kom hit från ett hem för barn och ungdomar. Det var för sju år sedan."

"Träffade du hennes föräldrar någon gång?" frågade Rost.

"Nej aldrig. När Rita kom hit var båda hennes föräldrar döda sedan länge. Ritas mor hade gift om sig sedan hon blivit änka. Det var hennes nya make som betalade vårdavgiften. Han var här några gånger i början."

Det verkade som om syster Agneta kunde bli ett användbart vittne. Rost, stärkt av kaffe med tilltugg, fortsatte:

"Minns du vad han heter? Skulle du känna igen honom på ett kort?"

"Det var länge sedan, någonting på El kanske. Men jag skulle säkert känna igen honom."

"Strömberg, han heter Strömberg", upplyste syster Rut.

När Rost återvände till NOA väntade Stig Alm på honom. Alm såg genast att besöket på Sollyckan hade gett resultat. Rost hade skyndat i trapporna från garaget, ivrig att få rapportera.

"Sätt dig och hämta andan en stund. Vill du ha något att dricka?"

"Får jag visa dig först? Det är snart gjort."

Rost plockade fram de numrerade korten, teckningarna och ett anteckningsblock.

"Jag träffade syster Rut och en sköterska som har arbetat lång tid på Sollyckan och har träffat Strömberg."

"Hade hon träffat rätt Strömberg, våran Sigurd Strömberg?"

"Utan tvekan, hon kände genast igen honom på fotot."

"Men Rut då, undrade Alm. "Kände hon igen Sigurd Strömberg på fotot?"

"Nej, men hon var ganska säker på att det var mannen på teckningen från Rosas kafé som hade hämtat Rita."

"Det var ett intressant sammanträffande. Det är den tredje gången som mannen som bråkade med Strömberg på Rosas kafé dyker upp. Först på kaféet, sedan på Schulz restaurang och nu på Sollyckan."

Det höll Bengt Rost med om. Och han hade mer som säkert också var ett intressant sammanträffande.

"Syster Rut kände dessutom igen den andra mannen som var med och hämtade Rita."

"Du menar, han finns med på korten?"

"Det gör han, han heter Knut Rustholm."

Det gick inte längre att lämna Knut Rustholm ostörd. Stig Alm visste att han hade ett besvärligt samtal framför sig, inte med Rustholm utan med sin chef, intendent Skarp. Klockan hade blivit halv sju så det var ingen idé att söka Skarp på NOA. Lika punktligt som han anlände klockan nio, lika punktligt lämnade han sitt kontor vid fem och fick sedan endast kontaktas vid en akut nödsituation. Rita hade förts bort av två män av vilka den ena hade uppgivit falsk identitet och den andra var identifierad som Knut Rustholm. Ritas vårdnadshavare var mördad och hennes eget liv stod kanske på spel. Det kunde knappast bli mer akut. Alm satt en halv minut med ögonen slutna för att samla sig innan han slog numret till intendentens hemtelefon.

"Skarp här. Vad har du för anledning att störa?"

Han hade känt igen det uppringande numret och förstod vem det var. Nu gällde det att få intendenten att inse allvaret. En ung värnlös kvinna var bortförd under oklara omständigheter och Knut Rustholm var inblandad.

"Jag beklagar, men jag är tvungen att få ditt godkännande av en nödvändig åtgärd."

"Jag lyssnar, fortsätt!"

Att gå rakt på och begära att få hämta in Rustholm för ett samtal var dömt att misslyckas. Alm hade kommit fram till en omväg som kanske kunde lyckas.

"Det gäller morden på Vera och Sigurd Strömberg. Det har framkommit att Sigurd var vårdnadshavare för en dotter till sin tidigare hustru. Rita Fransson heter hon, är tjugoåtta år och handikappad från födseln. Sigurd har bekostat hennes omvårdnad på ett privat vårdhem."

Alm gjorde en paus för att försäkra sig om att han hade intendenten med sig.

"Jaha, och hur kan det vara en nödsituation som tvingar dig att störa mig?"

"Det är inte därför som jag ringer", fortsatte Alm, "det var bara lite av bakgrunden. Bengt Rost och jag själv besökte vårdhemmet i dag för att tala med Rita. Hon var inte där. Hon hade hämtats av två män dagen innan."

Det lät fortfarande inte som en nödsituation och intendenten var otålig.

"Jag har inte hur mycket tid som helst. Kan jag få veta vad du vill göra så vi kan avsluta det här samtalet?"

Det var fortfarande för tidigt att nämna Rustholm vid namn.

"Det anmärkningsvärda är att den ena av männen som hämtade Rita uppgav sig vara Sigurd Strömberg."

Alm gjorde en paus för att ge intendenten tillfälle att reagera på det sagda.

"Jaha, men vem var han då? Vill du efterlysa honom?"

"Allt vi vet om honom är att han vid ett tillfälle träffade Sigurd Strömberg på Rosas kafé i Södertälje och sedan en gång till på restaurang Riddaren i Mariefred."

Nu borde det ha ringt en väckarklocka hos intendent Skarp. Alm hade nämnt restaurangbesöket i Mariefred, att Sigurd Strömberg, Knut Rustholm och en okänd hade ätit tillsammans. Det hade varit anledningen till att de sökte upp Rustholm på SafeHome.

"Det är inte till stor hjälp", konstaterade intendent Skarp.

Nej, verkligen inte. Men så hade Alm ännu inte kommit fram till sitt egentliga ärende. Det gick inte att dra ut på det längre.

"Det är inte den okände vi vill höra. Det är den andra mannen."

Alm gjorde en paus igen och sakta gick sanningen upp för intendent Skarp.

"Du menar… Du påstår…"

"Knut Rustholm var med både på restaurang Riddaren i Mariefred och när Rita Fransson hämtades från vårdhemmet i Trosa. Det är nödvändigt att höra honom för att få veta vad som hände med Rita."

Svaret kom snabbt:

"Du tänker söka upp kollegan Rustholm igen! Jag borde ha gjort mig av med dig första gången du gav dig på Rustholm. Nu låter du honom vara ifred! Vi får tala om saken i morgon. Jag kontaktar Rustholm om det behövs. Är det uppfattat?"

Där var samtalet slut. Stig Alm blev sittande orörlig sedan han hade lagt tillbaka telefonluren. Rost, som endast hade hört Alms hälft av samtalet, betraktade honom otålig. Efter något som verkade vara en evighet, kanske femton sekunder, levererade Alm sitt beslut: "Vi kör till Danderyd och hämtar in Knut Rustholm. Kan du vara klar om tio minuter?"

Kapitel 11

Det var inte någon lång tur med bil. Rost följde E-4 och E-18 till Mörby och fortsatte sedan Mörbyleden och Edsviksvägen. Efter mindre än tjugo minuter rullade de i maklig takt på Tingsgatan där Rustholm huserade i en av flera rymliga grosshandlarvillor. Vägen lystes endast upp av det gula skenet från natriumlampor. Stig Alm var väl bekant med omgivningarna. Härifrån hade han en gång förföljt Rustholms bil och blivit ertappad.

"Sakta nu, vi ser snart Rustholms villa."

Det stod en bil, en mörk Volvo, på uppfarten mot villan. Någon rörde sig bakom bilen.

"Kör förbi! Jag vill veta vad som pågår."

Båda hukade i sätena när Rost lät bilen passera Rustholms villa som om de inte alls hade något ärende dit. Alm spejade genom ögonvrån.

"Han håller på att ge sig av. Han lyfte in en resväska i bagaget."

"Ska jag vända? Ska vi hejda honom?"

Alm behövde inte tänka länge.

"Vi följer efter honom när han åker. Det kan vara det enda sättet att få veta vart han är på väg. Vänd och stanna sedan så att han inte kan se oss. Vi börjar följa när vi hör att han startar."

Det tog inte fem minuter innan de hörde ljudet av en bagagelucka som slogs igen och strax efter den dovare klangen av en framdörr som stängdes. En motor drog igång, varvade upp ett ögonblick och återvände sedan till lugn tomgång innan motorljudet åter ökade.

"Nu åker vi, men släck halvljuset. Du får klara dig med parkeringsljuset."

Rustholms Volvo var inte mer än femtio meter framför dem när Rost först såg bakljusen. Han var tvungen att slå av på takten för att inte komma alltför nära. Stig Alm anade vart de var på väg.

"Vi är snart framme vid E-fyran och där tror jag han tar mot norr."

Det var inte omedelbart klart för Rost vad Alm grundade sitt antagande på. Han hade nog att göra med att hålla reda på vilken av bilarna framför som var Rustholms. Vart skulle de komma efter att ha tagit norrut på E-4? I stora delar av Västerbotten hittade han utan karta men här var det en helt annan sak.

Alm fick rätt. Rustholm tog avfarten till höger när de närmade sig E-4 och Rost visste med ens vart de var på väg. Körde man långt nog hamnade man i Sundsvall men det var nog inte kvällens resmål. Skylten vid avfarten upplyste även om att det var vägen till Arlanda flygplats.

"Du menar att han ger sig av med flyg. Varför just nu?"

Det kunde inte Stig Alm svara på men han misstänkte att Skarp var inblandad. Hade Skarp kontaktat Rustholm och avslöjat vad de visste? Hade Rustholm insett att han behövde ett snabbt klimatombyte? Det skulle han gå miste om.

De fortsatte fem minuter utan att något mer blev sagt. Alm funderade på hur han skulle ingripa. Det bästa vore om han kunde få assistans från kollegor på Arlanda. Rost höll ögonen på Rustholms bil som nu var nummer två framför dem.

Alms gissning om målet för resan bekräftades när Rustholm lämnade E-4 vid avfarten mot Arlanda flygplats. Rustholm skulle bli tvungen att lämna bilen, förmodligen på en parkering för flygplatsens resenärer. Det kunde bli knepigt. De fick inte tappa bort honom och han fick inte märka att han var förföljd.

"Vi får dela på oss här. När vi vet var han parkerar släpper du av mig innan du själv parkerar i närheten av Rustholms bil och sedan skuggar du honom på avstånd."

När de kom fram till flygplatsen hade de Rustholm omedelbart framför sig. Han tycktes tveka om vägen men fortsatte sedan till parkeringshuset framför terminal fem. Efter ett hastigt stopp för att släppa av Alm gjorde Rost en rusning mot samma parkeringshus. Han hade inte behövt jäkta. Rustholm fumlade vid biljettmaskinen, tappade biljetten på marken och blev tvungen att öppna bildörren för att plocka upp den. När Rustholm till slut kom iväg stod det ytterligare två bilar och väntade bakom Rost.

Stig Alm hade inte mycket tid på sig. Han småsprang mot den närmaste av ingångarna till terminal fem. Han fortsatte att springa uppför rulltrappan till plan tre där Arlandapolisen hade sitt kontor. Två uniformerade var i tjänst, en reslig man i sextioårsåldern och en hälften så gammal kvinna med blond hästsvansfrisyr. Alm kände den äldre till utseendet men kunde inte minnas namnet. Dessbättre blev han själv igenkänd och behövde inte ta upp tid med att legitimera sig.

"Det var ett trevligt besök inspektör Alm. Min kollega heter Linda."

"Polisassistent Linda Elmström", kompletterade den yngre med en irriterad blick mot sin kollega.

"Ni får ursäkta, men jag behöver er hjälp omgående att kontrollera en resenär och hans bagage."

Det var för tidigt att avslöja att Rustholm skulle gripas. Det kunde ha gjort dem tveksamma. Han skulle ha blivit tvungen att motivera med en lång och snårig förklaring.

"Det ska säkert gå bra", svarade den äldre. "Vad heter han och vart är han på väg."

När han hade fått namnet av Alm, resmålet var okänt, blev han stående framför en datorterminal.

"Det finns ingen Rustholm inbokad i kväll. Är du säker på namnet?"

"Märkligt. Han är på väg in från garaget med en resväska. Jag har en kollega som följer honom. Om vi väntar i närheten av incheckningen dyker han nog upp."

Linda med hästsvansen gav den vars namn Alm ännu inte hade kommit på en undrande blick. I samma ögonblick hördes Bengt Rosts röst i Alms radio:

"Rustholm väntar vid incheckningsdisk tjugofyra. Det är två i kön före honom."

Alm vände sig mot de uniformerade kollegorna.

"Om ni två ensamma kollar honom och hans väska slipper vi avslöja att vi vet vem han är."

Alm och Rost såg från behörigt avstånd hur de uniformerade slöt upp på var sin sida av Rustholm sedan han hade placerat sin väska på bandet och lämnat passet till kvinnan som skötte incheckningen. Rustholm verkade överraskad, argumenterade en kort stund men följde sedan med dem mot rummet som användes för visiteringar. Den storväxte sextioåringen höll lätt i hans överarm, Linda med hästsvansen släpade på resväskan. Det såg inte riktigt bra ut men var nog ändå en förnuftig arbetsfördelning.

Alm och Rost fick vänta tio minuter innan dörren till visiterings-rummet öppnades och den manliga flygplatspolisen anslöt sig till dem.

"Enligt passet heter han Rutger Landström och är född 1955. Han har en biljett till Singapore med byte på Heathrow. Ombordstigning om tjugo minuter."

"Om han är Landström är jag Moder Teresa! Ni tänker väl inte låta honom komma undan?"

Det lät som om Stig Alm skämtade men Rost såg att han inte var på skojarhumör. Om Rustholm försvann till fjärran östern försvann deras enda möjlighet att hitta Rita. Skulle två uniformerade sätta käppar i hjulet?

Flygplatskollegan märkte nog inte allvaret i Alms kommentar. Han visste dessutom redan dramats upplösning.

"Han hade nog fått fortsätta till Singapore om vi inte hade tittat i resväskan. En fin väska, närapå odyrkbar. Men det hjälper inte här. Vet ni hur många låsta väskor vi öppnar utan nycklar på en vecka?"

Fem eller tio, var Rost på väg att föreslå, men Alm förekom honom.

"Berätta i stället vad som fanns i väskan!"

"Där fanns det vanliga som man tar med sig på resor, klädombyten och sådant, men det fanns annat också, tillräckligt med kontanter för att jag skulle kunna pensionera mig och leva lycklig resten av mina dagar."

Rost, som hade ögonen på sin chef, såg ett belåtet leende.

"Hur förklarade han det? Har han gjort en tulldeklaration om utförsel av kontanter?" frågade Alm.

"Han påstår att det inte hade funnits tillräckligt med tid för att kontakta tullen."

Flygplatspolisen gjorde en kort paus innan han fortsatte:

"Jag har en fråga till dig. Det verkar vara något bekant över Rustholm men jag kan inte komma på vad det är. Borde jag känna igen honom?"

Svaret från Alm blev en överraskning.

"Du kan ha träffat honom i Stockholm som kollega vid mitten av åttiotalet."

Flygplatskollegan skakade på huvudet.

"Jag jobbade i Stockholm under hela åttiotalet och en bit av nittiotalet men där fanns ingen Knut Rustholm."

"Det har du rätt i, ingen Knut Rustholm, men Knut Andersson jobbade ett par år i piketgruppen."

Ett leende spreds över den uniformerades ansikte. "Visst fan, *Knutte*, ett tag åkte vi med piketen alla tre, Knutte, du och jag."

Det var tillräckligt för att Alm skulle känna igen Rolf Lindgren, framgångsrik brottare och stor som ett hus på den tiden. Han hade inte behövt mer än visa sig för att tuffa busar skulle förvandlas till lamm.

Stig Alm var mer än nöjd när han och Bengt Rost en timme senare lämnade Arlanda flygplats. Knut Rustholm var infångad med falskt pass i färd med att smuggla ut minst ett par miljoner i kontanter. De uniformerade poliserna hade övertygats om att tills vidare inte nämna något om Rustholms falska identitet. De hade även gått med på att inte nämna något om Alms och Rosts inblandning. Det hade varit en rutinkontroll som avslöjade smugglingsförsöket.

Rustholm hade hämtats av en radiobil för att som Rutger Landström bli placerad i en cell på Kronobergshäktet. Bättre än så kunde det inte vara. De uniformerade tog åt sig äran av att ha avslöjat smugglingsförsöket, och Rustholm hamnade på häktet utan någon inblandning från Stig Alm.

Det var nära midnatt när Stig Alm stängde och låste sin egen lägenhetsdörr. Nu återstod bara att varva ner, att smälta dagens och kvällens upplevelser. Han blev sittande framför teven med fjärrkontrollen i handen och en kall öl inom räckhåll. Halvt frånvarande zappade han mellan reklaminslag och reprissändningar utan att fastna för något. När ölen var tömd gjorde han rundan till badrummet och lade sig sedan för natten. Han var på god väg att somna när han plötsligt var klarvaken. Det fanns en sak till som måste göras innan han kunde avsluta dagen, en person som måste informeras om kvällens fångst. Telefonnumret till Eva Graubes behövde han inte slå upp. Det var sent men Eva misstyckte inte. Deras spaning på Rustholm fyra år tidigare hade varit Alms idé och ingen utom de själva visste vad anledningen hade varit. Det hade inte varit fel att intressera sig för Rustholm och nu äntligen var han gripen. Dessutom hade Eva en egen nyhet. Det var på så vis Stig Alm fick reda på att Kerstin Larsson var i Stockholm och sålde skydd till företagare.

***

Med endast ett par veckor kvar till höstdagjämningen ägnade stormäster Evert Rosenholm det mesta av sin tid åt att förbereda hösttacksägelsen. Offrandet till Instiftaren måste fungera perfekt när tre Bröder upphöjdes till Storbröder. Det fanns fyra objekt, ett till var och en av Storbröderna och ett till honom själv. Rosenblom hade inget problem med att offra, tvärtom, det var något som han såg fram mot fylld av förväntan. Han hoppades att de som upphöjdes var av samma virke som han själv.

Kapitel 12

"Du hade pistolen i bagaget!" Kriminalkommissarie Erik Andersson hade svårt att ta till sig det han hörde.

Kerstin Larsson hade hastigt och oväntat avbrutit spaningen på Aktiebolaget Företagsskydd och återvänt från Stockholm.

Hon hade behövt tänka över vad som hade hänt innan hon på onsdag morgon kontaktade kriminalkommissarie Erik Andersson. Hur mycket behövde han veta? Pistolen hade hon verkligen haft i det inbokade bagaget. Det var det enda sättet att få med den på flyget. Problemet var att den inte alls skulle ha varit med, inte om Erik Andersson hade fått bestämma.

"Jag är alltid beväpnad när jag spanar", förklarade Kerstin.

Hon försökte få det att låta som en självklarhet. Andersson var inte beredd att hålla med. Han skakade misstroget på huvudet.

"Jag hoppas att ingen märkte att du var beväpnad."

"Det uppstod en situation…"

Så byråkratisk var Kerstin sällan. Andersson anade i stora drag vad som skulle följa.

"… en situation där jag var tvungen att avvärja ett omedelbart dödshot."

"Du hotade med pistolen?"

"Jag avlossade ett skott."

Resten av situationen fick Andersson dra ur sin assistent bit för bit. Det var helt klart att Kerstin skulle överlämnas till internutredarna om regelverket skulle följas. Hon hade avlossat sitt vapen mot en person och för sådant fanns det regler. Att hon inte hade träffat den det gällde, inte ens haft för avsikt att träffa, hade ingen betydelse. Det var Kerstin som fann utvägen.

"Om det blir en utredning avslöjas min täckmantel. Då kan jag inte återvända och fortsätta spaningen."

Det var bra. Andersson slapp förklara hur det kom sig att han hade sänt sin assistent beväpnad till Stockholm, eller lika illa, hur det kom sig att han inte visste att hon var beväpnad. Han hade redan haft nog att göra med internutredare. Det var ingen merit att bli granskad, inget som förbättrade anseende och karriärmöjligheter.

***

Det var Frans Sunesson som gick runt och såg till att patienterna på kliniken var vakna. Allra sist tittade han in hos Lusen och fann honom sittande på sängen iförd pyjamas.

"God morgon Sigvard! Har du sovit gott?"

Lusen granskade yrvaket sin besökare. Frans förstod att han just hade fått benen över sängkanten.

"Du kommer väl och tar din frukost i dagrummet?"

Fortfarande inget svar. Frans försökte igen:

"Vill du ha en kopp kaffe först så du piggnar till? Jag kan hämta åt dig."

Lusen hörde kanske inte erbjudandet om kaffe.

"Frans, tror du på sanndrömmar?"

"Vad menar du? Har du drömt något?"

"Samma dröm varje natt. Jag har fått hälften av betalningen. En kväll ringer telefonen och sedan vet jag vad jag måste göra för den andra hälften."

Det kom inte mer än så. Lusen knep ihop ögonen och blev sittande med böjt huvud. Frans såg något som kunde vara en tår men han var inte helt säker.

***

Klockan hade just passerat nio när intendent Skarp utan förvarning stod i dörren till Stig Alms arbetsrum. Han hejdade sig och granskade kaoset på skrivbordet innan han hälsade. Alm flyttade en kartong med mappar från besöksstolen för att erbjuda en sittplats. Intendenten förblev stående, han skulle inte stanna länge och hade inte tid med småprat.

"Jag ringde Rustholm i går och det var inget konstigt med att han var med och hämtade Rita från vårdboendet. Han kände Strömberg sedan länge och var med för att hjälpa till. Om någon uppfattade att Sigurd Strömberg var med så var det ett missförstånd. Rustholm kommer hit för att lämna en redogörelse vid halv elva."

"Då verkar den saken vara avklarad. Det är kanske onödigt att lägga ner mer tid på Rustholm?" föreslog Alm.

"Egentligen, ja, men han hade inget emot att höras. Du ska vara med så att gammalt groll kan redas ut."

"Polisassistent Bengt Rost kan kanske också sitta med. Han har, som du vet, redan träffat Rustholm när vi besökte honom på SafeHome. Det blev lite spänt vid det tillfället, det vore bra om de kunde ses under lugnare former."

"Ett utmärkt förslag!" fastslog Skarp.

"Rost ska vara med. Jag har en del att uträtta nu. Meddela mig när Rustholm har kommit.

Skarp hade varit på gott humör, säkert till stor del ett resultat av att han hade rett ut problemet med Rustholm. Det var inte ofta han var delaktig i det praktiska polisarbetet. Han var den som organiserade i bakgrunden, den som fördelade styrkorna och såg till att ingen slösade med de knappa anslagen. Visst hade han del i de framgångsrika spaningsresultaten, men endast indirekt. Nu hade han personligen bidragit med att lägga en pusselbit på plats. Stig Alms envisa fixering vid Knut Rustholm hade irriterat honom under lång tid. Att Rustholm var avförd som misstänkt var helt och hållet hans egen förtjänst.

Minuterna efter intendent Skarps sorti var det Bengt Rosts tur att göra entré hos Alm. Det hade blivit sent i säng för dem båda kvällen innan, senast för Rost som hade återställt bilen till NOA:s garage innan han tog t-banan till Rinkeby. Sovmorgonen var välförtjänt.

"Något nytt?" frågade han Alm innan han slog sig ner på stolen som hade varit avsedd för intendenten.

"Skarp tittade in och meddelade att Rustholm kommer hit för ett samtal om en timme. Du får ordna så att häktet tar med honom till ett förhörsrum. Men visa dig inte för honom. Han ska inte veta i förväg att vi vet vem han är."

Klockan hade blivit en kvart i elva när Stig Alm fick meddelandet att *Rutger Landström* väntade på dem i samtalsrum två. Alm var angelägen att möta Knut Rustholm (alias Rutger Landström) tillsammans med intendent Skarp. Han ville se Rustholms reaktion när han insåg att förklädnaden till Landström var genomskådad. Mer ändå såg han fram mot att se hur intendenten tog beskedet att Knut Rustholm var gripen.

"Vi hämtar Skarp på hans rum. Inte ett ord om att Rustholm är gripen!"

"Självklart inte", svarade Rost. Det såg ut att bli en intressant förmiddag.

Det var fortfarande en intendent på gott humör som följde Stig Alm och Bengt Rost för en pratstund med Knut Rustholm. Egentligen var det inget nödvändigt förhör, de frågor som fanns hade blivit besvarade redan dagen innan. En bättre relation mellan Rustholm och Stig Alm skulle nog bli behållningen av mötet. Intendent Skarp klev först över tröskeln till samtalsrum två med Alm och Rost i hälarna. Skarp log mot Rustholm som satt ensam vid bordet.

I ögonvrån såg Skarp något som inte riktigt stämde. En uniformerad väktare från häktet avvaktade innanför dörren. Rustholm verkade inte alls självsäker som när deras telefonsamtal hade avslutats dagen innan. Han verkade överraskad, som om han inte alls hade väntat sig att träffa intendent Skarp.

Skarp hälsade med ett hurtigt "God morgon Knut, har du väntat länge?"

Nu reagerade vakten från häktet, harklade sig och skulle säga något då Skarp avbröt honom.

"Vad gör du här? När började vi bevaka de som ska höras upplysningsvis?"

När vakten hade klarat strupen höll han fram ett pass.

"Det ser ut att föreligga ett missförstånd. Det här är Rutger Landström som greps på Arlanda i natt."

Skarp ryckte åt sig passet, fick det först upp och ner, vände det rätt och hittade sidan med namn och foto. Han fick det inte att stämma, på bilden kände han igen Knut Rustholm, men namnet var obekant.

"Varifrån kommer det här?" Undrade han utan att rikta frågan till någon bestämd person. "Det måste vara en förfalskning."

Rustholm, Alm och Rost förblev tysta. Till slut var det häktesvakten som svarade:

"Landström hade passet med sig."

"Och var är Landström?"

Skarp visste redan vad svaret skulle bli. Vakten pekade på Rustholm:

"Det är han som sitter där."

Här kunde Skarp ha krävt en förklaring från Rustholm men insåg att det inte var lönt. Det fanns bara en sak att göra. Skarp kommenderade ut Stig Alm och Bengt Rost i korridoren.

"Vad i helvete ska det här föreställa? Varför har du gripit Rustholm? Han har redan förklarat hur det kommer sig att han var med och hämtade flickan."

Stig Alm behöll fattningen. Han hade vetat vad som skulle komma.

"Det var inte jag som grep Rustholm, det gjorde Arlandapolisen när han försökte lämna landet med falskt pass och en resväska fylld med kontanter."

"Skitsnack!" fräste Skarp. "Klart att du är inblandad. Du kan gå till ditt rum och packa ihop nu och ta med dig din assistent. Ni är inte längre anställda vid NOA."

Intendent Skarp hade sagt vad han hade att säga. Om han hade trott att Stig Alm skulle hänga med huvudet, vända på klacken och utgå så blev han besviken. Alm såg inte alls ut som om han just hade drabbats av arbetslöshet. Han verkade i stället smått road av situationen. Det var inte första gången som han hade blivit avskedad på stående fot och han kände till intendentens svaga sidor.

"Med all respekt Skarp, du har fullständigt fel. Det är inte jag som sitter med Svarte Petter. Det var du själv som fullständigt miss-bedömde Knut Rustholm. Många på NOA kommer att skratta gott om de får reda på att du förvarnade honom så att han kunde ge sig av mot Singapore med miljoner i bagaget. Det var rena turen att han blev stoppad på Arlanda. Men ingen behöver få reda på att du varnade honom. Vi fortsätter som tidigare, gnabbas då och då men låter det inte gå ut över arbetet."

Det blev tyst under tiden som intendenten övervägde sina alternativ. I den ena vågskålen låg en respektlös polisinspektör som retade gallfeber på honom med arbetsmetoder på gränsen till åtalbara, i den andra fanns hotet att hans missbedömning av Rustholm skulle avslöjas. Stig Alm var en av NOA:s mest framgångsrika utredare, det var han tvungen att erkänna. Valet var egentligen inte alls svårt.

"Du tar vid och förhör Rustholm. Rapport till mig i eftermiddag."

Rost, som återigen hade sett en neslig reträtt till Umeå framför sig, suckade av lättnad. Avsked hade varit ett högt pris att betala för nöjet att se Skarp tappa ansiktet. Både han själv och Stig Alm skulle ha det med sig för all framtid. Inte för att Rost var någon karriärist men han hade inte planerat att pensioneras som polisassistent.

När de återvände till samtalsrummet fann de scenen oförändrad med Rustholm sittande hopsjunken på sin stol och vakten stående innanför dörren. De tog plats mitt emot Rustholm, Alm till höger och Rost till vänster. Alm förklarade att Rustholm var misstänkt för försök till olovlig utförsel av valuta och användning av ett falskt pass. Han nämnde vilka som var närvarande och uppmanade Rustholm att säga sitt namn och födelsedatum. Rustholm förblev tyst. Alm talade själv in Rustholms uppgifter.

"Har du förstått varför du är här, vad du är misstänkt för?"

För första gången rätade Rustholm på sig och mötte Alms blick. "Du glömmer att jag har varit polis. Jag vet mina rättigheter. Inget förhör utan min advokat."

Advokat Sten Ranung, klädd i mörk kostym och slips som det anstår en medarbetare vid en av Sveriges mest prestigefyllda juristfirmor, anlände till Kronoberg minuterna efter ett. Ranung var inte någon ny bekantskap för Stig Alm. De hade setts i rätten då Alm hade varit åklagarsidans vittne mot en falsk polis, en rättegång där advokat Ranung ovanligt nog hade lidit nederlag i egenskap av den falske polisens försvarare. Nu satt de mitt emot varandra. Alm beredd på juridiska krokben och finter. Ranung fast besluten att ta revansch.

Den första halvtimmen användes till att förklara hur Rustholm hade gripits och vad de lade honom till last, nästa timme kröp långsamt framåt under tiden som advokat Ranung hade ett enskilt samtal med sin klient. Klockan hade passerat tre när de var återförsamlade och förhöret med Ranung kunde fortsätta.

Stig Alm startade inspelningen som tidigare. Rustholm gav Alm en hastig blick för att sedan mest intressera sig för sina händer. Hans advokat satt bakåtlutad, gav sken av att ha fullständig kontroll.

Alm inledde utfrågningen:

"Rustholm har kanske något att säga innan vi börjar ställa frågor?"

Alm var säker på att det fanns ett väl förberett uttalande även om det var advokat Ranung som skulle komma att leverera.

"Direktör Rustholm motsätter sig bestämt att vara frihetsberövad. Ett samtal under angenämare former och utan tvång hade varit fullt tillräckligt. Det som läggs honom till last är endast en följd av missförstånd och olyckliga omständigheter."

Det var exakt den öppning som Alm hade väntat sig. Den levererades dessutom med en pondus som kunde ha fått en mindre erfaren utredare att börja tvivla på sitt eget omdöme. Bengt Rost sneglade mot Alm, han såg inga tecken på reträtt. Alm hade haft sin blick på Rustholm under advokatens utläggning. Det var något som tyngde Rustholm. Hade han inte berättat allt för sin advokat? Stig Alm vände sig mot advokat Ranung.

"Jag förstår din klients inställning och om det inte handlar om annat än missförstånd och olyckliga omständigheter blir han nog fri innan kvällen. Det är den saken som vi ska försöka få svar på här och nu."

Rustholm fick en uppmanande blick från sin advokat. Andemeningen i blicken var lika tydlig som om Ranung hade viskat i hans öra: *visa att du tror på din egen oskuld!*

Stig Alm fortsatte: "Jag har några frågor från intendent Skarp som han vill ha svar på. Hur kommer det sig att du var med och hämtade Rita Fransson från Sollyckan i går?"

Advokat Ranung höll upp en hand.

"Vad är meningen med detta? Jag kan inte se att frågan har minsta relevans för det som läggs direktör Rustholm till last. Jag ska ha ett samtal med min klient innan vi fortsätter."

Advokaten var van att få igenom sin vilja. Det hade säkert blivit som han begärde om inte Rustholm själv hade opponerat sig.

"Låt oss få det undanstökat så att vi kommer vidare. Jag vill inte bli kvar här längre än nödvändigt."

"Jag avråder bestämt. Du nämnde inget om att ha hämtat någon."

Men Rustholm stod på sig och tog frågorna utan hjälp från sin advokat.

Han medgav att han hade varit med och hämtat Rita Fransson. Han hade blivit uppring och ombedd att hjälpa till eftersom han hade träffat Rita tidigare. Hon skulle kanske känna igen honom och det skulle lugna henne vid flytten.

”Vart förde ni henne?”

Den frågan hade Rustholm inget svar på. Han hade bara varit med vid hämtningen, inte vid den fortsatta transporten. Men någonstans i Värmland var det, det hade han förstått.

”Den andre mannen, vem var det?”

”Han heter Andreas. Han arbetar på Ritas nya vårdboende.”

”Påstår du att du hjälpte till att föra bort Rita Fransson utan att veta vart hon flyttades eller vem du hjälpte?”

Det fanns tvivel i Alms röst.

”Så var det. Du kanske inte tror mig men det förändrar ingenting.”

Så långt hade utfrågningen gått bra. Alms frågor hade besvarats med viss logik även om svaren var långsökta. Advokat Ranung började slappna av. Hans klient hade varit polis och även om det hade gått mer än två årtionden sedan han lämnade kåren visste han hur man klarade sig igenom ett förhör. Om han hade anat fortsättning hade han säkert begärt en paus till nästa dag. Alm hade en överraskning i beredskap. Advokaten visste inget men Bengt Rost förstod vad som skulle komma.

”Jag vet att du har träffat mannen som du kallar Andreas tidigare. Det finns vittnen som har sett er tillsammans. Du kan kanske själv tala om när och var?”

Det kunde Rustholm säkert ha gjort men det var inget som han tänkte bjuda på. Stig Alm kanske bluffade och försökte locka honom i en fälla.

"Som jag redan har sagt så vet jag inget om Andreas. Jag är inte ens helt säker på att han sa Andreas. Det kan ha varit något annat liknande."

"Tänk efter igen! Det finns vittnen. När var du senast i Mariefred?"

Nu visste Rustholm varåt det var på väg. Han vart tvungen att tänka, att ta ett beslut och det tog aningen för lång tid. Advokat Ranung tog också aningen för lång tid på sig för att hinna hejda sin klient.

"Jag har inte varit i Mariefred på flera år. Vad har det med saken att göra?"

"Vittnen såg dig på Restaurang Riddaren i Mariefred tillsammans med Sigurd Strömberg och den mystiske Andreas fredagen den fjortonde augusti. Nu minns du kanske?"

Nu kunde det inte få fortsätta längre. Advokat Ranung överröstade varje försök att svara.

"Det räcker för i dag. Inga fler frågor innan jag har talat med direktör Rustholm."

***

Bengt Rost såg kvällens tv-nyheter halvliggande i soffan när han hörde mobiltelefonen ringa. Var det Stig Alm som vill prata om förhöret med Rustholm? Till sin förvåning såg han Kerstin Larssons namn på displayen. Var hon kvar i Stockholm? Behövde hon hjälp? En gång hade han räddat henne ur en svår situation men det var det knappast någon som hade lagt märke till.

Kerstin Larssons befann sig inte i Stockholm och hon behövde ingen hjälp. Kerstin hade återvänt till Umeå och ville inte säga mycket om sitt uppdrag i Stockholm. Det hade strulat på slutet men på vilket sätt höll hon tyst om. Det kunde kanske leda till otrevligheter om det kom fram. När det inledande trevandet var avklarat var det något annat som hade fått henne att ringa.

"Du minns Frans Sunesson, skötaren på Dagökliniken?"

124

Det gjorde Rost. Han hade träffat Sunesson i tjänsten, haft honom på förhör misstänkt för att ha tagit livet av en patient.

"Frans påstår att en av patienterna, han som kallas Lusen, verkar veta något om morden som du jobbar med."

"Har Lusen sagt det till Frans? Hur kan han, som är inlåst på Dagö, veta något om det som hände i Södertälje?"

"Ja", svarade Kerstin, "Lusen har sagt det till Frans Sunesson. Lusen påstår att Strömberg fick betalt för att hålla tyst. Det låter som utpressning? Och så undrar han om ni har hittat revolvern."

"Vad då för revolver?"

"En revolver som Strömberg ska ha tagit från Lusen om jag har förstått det rätt."

"Det låter konstigt, tycker du inte det? Kan man lita på sådana som Lusen?" undrade Rost.

Det var inte mycket att svara på så Kerstin lät det vara.

"Jag ville bara nämna det", fortsatte Kerstin. "Ni kan alltid ringa Frans och höra med honom själv."

När samtalet med Kerstin var avslutat ringde det igen. Inte telefonen den här gången utan dörrklockan. I trapphallen stod grannen mittemot och undrade om Rost ville komma över för en pratstund och en öl. Varför inte? Det verkade inte bli någon ordning med tv-tittandet, och det kunde vara bra att bli bekant med sin granne.

Det dukades med två Pripps Blå på burk och en påse salta jordnötter.

"Vill du ha ett glas?"

"Behövs inte."

Den första ölen tömdes raskt och två nya hämtades från kylskåpet. Bengt fick veta att hans granne hade bott i Rinkeby sedan åtta år och inte hade några planer på att flytta.

"Jag passar liksom in här. Man rår sig själv, ingen bryr sig, ingen är finare än någon annan."

Den tredje rundan hämtades efter lagom mycket trugande. Teven stod på med ljudet nerskruvat till nästan ohörbart. Klockan närmade sig midnatt, grannen hade tystnat och satt med ögonen slutna. Rost var på väg att anmärka att det var dags för honom att gå när han förstod vad som var det verkliga skälet till att han hade blivit inbjuden.

"Hur är det med Eva nuförtiden? Hon verkade inte vara så stark. Gjorde en stor affär av ett litet brytmärke på lägenhetsdörren. Rinkeby var nog inte rätt miljö för henne."

Rost kunde lugna honom.

"Av allt att döma går det bra för Eva. Hon sköter familjens åkeri."

Grannen var synbart lättad.

"Jag hoppas att du trivs och stannar här. Du ser ut att kunna ta vara på dig själv."

De sa god natt och Rost återvände till den lånade lägenheten. Låg det något i grannens uppfattning om Eva? Rost hade lagt märke till larmsystemet och låsen på lägenhetsdörren. Det var en imponerande installation. Eva hade kanske en vekare sida? Det var i så fall något som hon dolde väl för kollegorna.

Kapitel 13

Vid ettiden var det för varmt i sängen och täcket åkte ner på golvet. En halvtimme senare var han tvungen att gå på toaletten för att lätta på trycket. Vid tre var han frusen och törstig. Han hämtade juice från kylskåpet och återbördade täcket till sängen. Vid fem väcktes han av oväsen från gatan. Varje gång hade Bengt Rost lika svårt att somna om. Han kunde inte sluta tänka på de senaste dagarnas händelser. Från att ha varit kallad till Stockholm för att spana på muttagare, beskyddare och utpressare, hade han kastats in i en mordutredning och, som det såg ut, en kidnappning. De hade gjort framsteg, funnit ledtrådar som skulle kunna leda till ett uppklarande av brotten även om han ännu inte kunde se på vilket sätt. För tillfället var morden på paret Strömberg inte det viktigaste. Först och främst måste Rita lokaliseras och det skulle Rustholm tvingas att hjälpa dem med. Pratet om att han inte visste vart Rita hade förts måste vara en lögn. Han hade sedan rymt med falsk identitet och tillräcklig med pengar för att starta en ny tillvaro någonstans där den svenska rättvisan inte kunde komma åt honom.

När Rost somnade om för tredje gången fördes han i drömmen tillbaka till paret Strömbergs lägenhet. Han var ensam, satt i vardagsrummet vid sekretärens nedvikta skrivklaff och bläddrade bland Strömbergs kontoutdrag. Han hade sett något som verkade bekant, som kunde vara viktigt. Kunde det finnas en förbisedd ledtråd bland elräkningar och amorteringar? Nej, det var ett namn, någonstans fanns ett namn som betydde skillnaden mellan liv och död.

Stig Alm hade inte sovit mycket mer än Rost när han värmde vattnet till dagens första kopp kaffe. Han hade aldrig varit ett föredöme för goda frukostvanor. Två muffins var den vanliga ransonen. Efter en hastig inspektion av morgontidningen visste han att tillståndet i världen och lokalt var i stort sett som föregående dag. Ingenting fanns om att en stockholmsföretagare med falskt pass och miljoner i bagaget hade gripits på Arlanda flygplats.

När Bengt Rost störtade in genom Alms dörr på NOA hade Alm hunnit med dagens andra kaffekopp och tredje muffins. Rost hade något att berätta och det kändes som om varje sinkad sekund kunde bli ödesdiger.

"Jag visste att jag hade sett något men kom inte ihåg vad det var. Inte förrän jag satt i tunnelbanan."

"Sätt dig och hämta andan. Har du sprungit hela vägen från tåget?"

Nej, sprungit hade han inte, men det var inte långt ifrån. Andfåddheten var inte enbart orsakad av fysisk ansträngning. Åtminstone hälften var en följd av minnet som hade återvänt.

"Landström, det kändes bekant redan på Arlanda."

"Du menar namnet i Rustholms pass, Rutger Landström?"

"Precis, det var som om jag hade sett namnet någonstans. Nu vet jag var. Det finns bland Strömbergs kontoutdrag. Han har gjort utbetalningar till en Landström."

Nu var Stig Alm intresserad. Fanns det verkligen en Rutger Landström och hade han haft något att göra med Sigurd Strömberg? Namnet i Rustholms pass var kanske ingen tillfällighet?

"Minns du vad betalningen gällde. Var det längesedan?"

"Det var i varje fall inte det sista året. Men vad det gällde minns jag inte. Namnet återkom några gånger men inte så ofta som varje månad."

Stig Alm reste sig och gick fram till hyllan där han samlade handlingar från aktuella utredningar. Efter en kort tvekan valde han två pärmar.

"Här är kvitton och banksaldon från tjugohundra sju och åtta. Vi tar varsin och letar efter Landström."

Bengt Rost, som hade ett visuellt minne av noteringarna med Landström, fick träff efter ett par minuter.

"Han har betalat fjortonhundra kronor i hyra till Rutger Landström den 27:e mars."

"Hyra, vad kan det ha varit? Du sa att Landströms namn fanns fler gånger."

Det tog Rost ytterligare ett par minuter att hitta nästa betalning.

"Här är det igen, samma belopp den 26:e juni."

Nu hade Stig Alm också funnit en hyresbetalning till Landström daterad den 28:e mars 2008. Alm såg ett mönster.

"Det är kvartalsbetalningar, men beloppet är för lågt för att vara hyra av en bostad. Ett rum kanske? Och vem är Rutger Landström?"

Namnet i Rustholms falska pass var något som varken Alm eller Rost hade intresserat sig för. Det hade varit ett påhittat namn till ett falskt förfalskat pass, inget mer. Nu blev det en människa med ett bankkonto och något att hyra ut.

"Ta reda på om personnumret i passet hör till en Rutger Landström och var han bor. Kolla med fastighetsregistret om han har något som kan hyras ut."

Det tog inte fem minuter innan Rost hade fått konfirmerat att personnumret hörde till en Rutger Landström. Det var endast fotografiet som var falskt, resten av passet var utan tvekan äkta. Varför hade Landström inte anmält det försvunnet? Det fanns stämplar och viseringar i passet som visade att det hade använts varje år sedan det utfärdades. Vem hade använt passet till Kina, Thailand Mexiko och Etiopien?

Efter ett samtal till Lantmäteriet visste Alm att Rutger Landström ägde två fastigheter, en villa i Saltsjöbaden och ett fritidshus i Värmland. Stig Alm lyfte på ögonbrynen när han hörde Värmland.

"Var någonstans i Värmland?"

"I Grums kommun."

"Då var det kanske inte fel när Rustholm påstod att Rita fördes till Värmland!"

Bengt Rost hade invändningar: "Till ett vårdboende, påstod han, inte till ett fritidshus. Varför skulle han avslöja att Rita fördes till Värmland om det nu var så?"

"En halvsanning kan vara bättre än en hel lögn", spekulerade Stig Alm. "Säg att det kommer fram att Rita fördes till Landströms fritidshus i Grums. Då kan det vara bättre för Rustholm att han har nämnt Värmland. Han räknar med att det kan hjälpa honom om det blir en rättssak."

Nu var Rutger Landström plötsligt en viktigare person än Knut Rustholm. Var fanns han och vad sysslade han med? Villan i Saltsjöbaden var nog hans bostad. Var han hemma? Inget telefonnummer fanns registrerat på hans namn. Stig Alm behövde inte tänka länge.

"Skarp få ta hand om Rustholm i dag. Du och jag ska leta rätt på Landström, vi börjar med hans bostad.

Efter mindre än en halvtimme var de framme vid adressen i Saltsjöbaden. Där låg en stor trävilla.

"Han tycks ha det gott ställt", konstaterade Alm. "Vi ringer på".

Alm såg sig omkring under tiden som de väntade på att någon skulle öppna för dem. Huset var väl underhållet, ingen flagnande färg, fönsterspröjsen var oskadda. En skylt till vänster om dörren upplyste om att det fanns ett larm. Ett telefonnummer fanns att ringa och ett namn: *SafeHome*. Alm pekade på skylten.

"Det där är Rustholms firma."

Alm ringde på ett par gånger till utan resultat. Sedan tog han upp mobilen och tryckte in larmnumret på skylten.

"Jag står utanför ett hus på Ringvägen och ytterdörren är öppen och slår i vinden. Det verkar inte vara någon hemma. Ni kanske skulle meddela ägaren?"

Tjugo minuter senare anlände en grå Audi. Ur bilen skyndade en bredaxlad medelålders man som småsprang genom trädgården. Rost såg genast likheten med fantombilden från Rosas kafé. Bilen stämde också. Mannen som hade grälat med Strömberg hade kommit till kaféet i en grå Audi. Det kunde inte vara något misstag. Det var Rutger Landström som hade bråkat med Sigurd Strömberg. Stig Alm ropade och fick honom att hejda sig.

"Ni är väl Rutger Landström?"

"Vad är det frågan om?"

"Kriminalinspektör Alm, Nationella operativa avdelningen. Vi passerade här och såg att ytterdörren stod öppen. Det såg inte bra ut så jag ringde SafeHome."

Den nyanlände såg frågande ut.

"Dörren verkar vara stängd."

Den var mycket riktigt stängd, det gick inte att förneka.

"Jag stängde dörren, vi var just på väg att lämna. Men det var bra att vi träffades. Jag har ett par frågor."

Rost höll sig i bakgrunden och lyssnade. *Några saker att fråga om.* Det måsta vara dagens underdrift. Här står de äntligen med mannen vars pass hade använts i ett försök att smuggla miljoner, som hade grälat med den mördade Sigurd Strömberg på Rosas kafé, som hade träffat Sigurd Strömberg och Knut Rustholm på restaurang Riddaren, som var med och förde bort Rita Fransson från vårdhemmet Sollyckan, som har tagit emot hyra från Sigurd Strömberg, och Stig Alm säger att han har ett par frågor.

Landström vände tvärt och började gå mot sin bil.

"Jag har inte tid. Jag fick lämna ett affärsmöte när SafeHome ringde och måste återvända omedelbart."

"Det här är viktigare än ett affärsmöte. Antingen talas vi vid här eller också följer du med oss till stationen på Kronoberg. Det går nog fortare om vi kan ta det här."

Rösten var nästan vädjande. Det lät mer som ett erbjudande än en befallning. Rost visste att det var det senare. Alm skulle inte ge Landström tillfälle att försvinna.

"Frågorna får tas vid ett senare tillfälle", svarade Landström. "Jag ställer gärna upp men jag har inte tid just nu. Ring min sekreterare och boka ett möte."

Landström höll fram ett visitkort som om han hoppades att det skulle avgöra saken. Stig Alm gjorde ingen ansats att ta emot erbjudandet.

"Du är gripen och ska följa med för att höras. Innan vi lämnar vill jag se ditt pass."

Vädjandet var borta. Orden kunde inte missförstås. Rutger Landström var inte längre en fri man.

"Med vilken rätt...?"

"Polislagen, tionde paragrafen."

"Min bil..."

"Kollegan Rost parkerar den på tomten om du inte vill lämna den på gatan. Passet, var har du det?"

"Mitt pass? Jag ska inte resa någonstans."

"Jag vill bara se det. Är det något problem?"

Landström var brydd, det var lätt att se. Rost förstod varför. Skulle han låtsas leta efter passet utan att finna det eller skulle han påstå att det hade försvunnit? Han valde varken det ena eller det andra.

"Jag har det inte här. Det ligger på mitt kontor."

"I skrivbordet eller?" undrade Alm.

"Ja, det ligger i en skrivbordslåda."

"Då hämtar vi det på vägen. Om du ber din sekreterare att ta fram det slipper vi gå in och leta. Det blir väl bäst så? Om du inte vill ringa, gör jag det. Du hade visst ett kort med telefonnumret."

Det blev till sist Landström som ringde. Efter fem minuter hörde sekreteraren av sig och meddelade att det inte gick att hitta något pass.

Landström låtsades förvånad, Alm och Rost tog beskedet som en bekräftelse.

Färden till NOA gick med Alm vid ratten, Landström och Rost i baksätet. Landström satt tyst hela vägen. I förhörsrummet inledde Stig Alm med den obligatoriska proceduren, datum, namn, allt som behövdes för att det som kom fram skulle kunna användas som bevis. Alm förklarade att Landström inte var misstänkt för något brott. Han skulle endast höras upplysningsvis men det var angeläget att de fick svar på frågorna. En ung kvinnas liv kunde hänga på vad som kom fram. Det var anledningen till tvångsåtgärden. Landström behövde endast svara på några frågor och sedan skulle han vara fri. Det hade kanske lugnat honom om han inte hade anat vilka frågor han skulle få.

"Undviker du gluten?"

Landström spärrade förvånat upp ögonen, det var inte den frågan han hade räknat med.

"Hur så, vad spelar det för roll?"

"Jag vill ha svar på frågan. Beställer du glutenfritt när du äter ute?"

"Ja, jag frågar för det mesta efter ett glutenfritt alternativ. Det brukar finnas. Det är många som undviker gluten även om de inte har celiaki."

Det var ett utförligt svar på en enkel fråga. Stig Alm hoppades att fortsättningen skulle bli lika smidig.

"Jag frågade eftersom du åt på restaurang Riddaren i Mariefred tillsammans med Knut Rustholm och Sigurd Strömberg fredagen den fjortonde augusti. En av er beställde glutenfritt och jag undrade vem det var. Vad var orsaken till den gemensamma måltiden?"

En fråga inlindad i ett påstående. Påståendet bekräftas om frågan besvaras. Rost kände till taktiken. Landström tvekade innan han svarade.

"Affärer, jag har affärer ihop med Knut Rustholm, Strömberg stötte vi ihop med av en tillfällighet. Han är en bekant till Knut."

Den lögnen hade kunnat fungera om inte Rost och Alm hade träffat servitrisen på Södertäljes mysiga gay-kafé.

"Är du säker på att det var första gången du träffade Strömberg?"

Landström tvekade igen, sneglade på Rost som om han skulle kunna få vägledning från det hållet. Rost lyssnade med ett helt nollställt uttryck.

"Jag har varken sett honom tidigare eller senare."

Stig Alm, förvånad:

"Märkligt. Ett vittne såg er tillsammans i Södertälje måndagen den sjuttonde augusti. Det var tre dagar efter restaurangbesöket. Kommer du ihåg nu?"

Det kunde vara en fälla! Hur mycket visste de? Det snurrade i Landströms huvud.

"Vi kanske sprang på varandra, det är lätt att glömma."

Där släppte Alm möte nummer två med Sigurd Strömberg, det som hade ägt rum på Rosas kafé. Det kunde vara en fördel om Landström tills vidare inte var säker på hur mycket de själva kände till.

Stig Alm fortsatte:

"En helt annan sak. Måndagen den sjunde september hämtade du och Knut Rustholm Rita Fransson från hemmet där hon vårdades. Rustholm påstår att du tog henne till Värmland."

Nu hade Landström haft hjälp av att uppmärksamma Bengt Rosts reaktion. Ett par rynkor i den annars släta pannan avslöjade att Alm hade gått aningen för långt. Rustholm hade aldrig medgivit att det var Landström som var med när Rita hämtades.

"Det måste vara ett missförstånd, jag har aldrig hämtat någon från Sollyck... från något hem."

Det räckte, Alm hade nått sitt mål.

"Rutger Landström, du är gripen misstänkt för att den sjunde september tillsammans med Knut Rustholm ha kidnappat Rita Fransson från vårdhemmet Sollyckan. Du kan förbättra din situation genom att genast tala om vad som hände med Rita."

134

Det kom inget svar från Landström. Han skulle inte låta sig förhöras utan ett juridiskt biträde vid sin sida, en jurist som han själv skulle utse. Att Landström hade delgivits misstanke om människorov var ändå ett steg framåt. Det tog mindre än en halvtimme för Alm att få ett beslut om husrannsakan i Landströms värmländska fritidshus. Alm önskade att han själv kunde vara med men det skulle ta för lång tid. Det fanns ingen tid att förlora.

Nu återstod att förmå intendent Skarp att ta kontakt med en kollega i Karlstad. Alm hade hållit honom utanför det som hade hänt med Rutger Landström. Intendent Skarp ogillade att bli förbigången. Han skulle själv ha varit den som tog beslutet om att gripa Landström.

Alm hittade intendenten på hans kontor och inledde försiktigt samtalet för att inte själv framstå som den drivande.

"Vi har hittat Rutger Landström, mannen vars pass Rustholm använde när han försökte smita till Singapore. Åklagaren har beslutat om husrannsakan av hans fritidshus i Grums."

Skarp var inte lättlurad. Han såg mönstret. Åklagaren hade beslutat, men på vems inrådan? Vad hade föregått beslutet? Varför var han själv inte informerad?

"Ta det från början, Alm. Varför ska det göras husrannsakan?"

Det fanns ingen annan möjlighet än att starta med misstanken om Landströms medverkan vid bortförandet av Rita Fransson, de hade sökt upp Landström utan intendentens medgivande och gripit honom när misstankarna skärptes.

"Menar du att allt du har på honom är en liten felsägning?"

Det gick åt ytterligare tid för att övertyga intendenten om att felsägningen inte alls hade varit liten, den hade varit helt avgörande. Den enda förklaringen till att Landström visste *varifrån* Rita hade blivit bortförd var att han själv var med när det hände. Det tog tid, men till slut tog Skarp på sig uppgiften att begära handräckning från Karlstad. Husrannsakan var trots allt åklagarens beslut.

Det hade hänt så mycket under dagen att Rost fullständigt hade glömt att han hade talat med Kerstin Larsson. Det var först när han själv och Stig Alm satt med kaffet efter en mycket sen lunch som han kom ihåg.

"Kerstin Larsson ringde i går kväll. Hon är tillbaka i Umeå och hon har hört att en av Dagöklinikens patienter påstår att han känner till saker om morden."

"Du menar morden på Sigurd och Vera?"

"Ja, patienten påstår att Sigurd hade fått betalt för att hålla tyst."

"Skulle han ha sysslat med utpressning?" undrade Alm.

"Det måste det väl vara. Han visste något som han skulle avslöja om han inte fick pengar."

"Från vem har hon hört det?"

"Skötaren Frans Sunesson, du har träffat honom."

Stig Alm visste exakt vem det var. Sunesson hade varit mordmisstänkt sedan en patient på kliniken hade hittats hängd.

"En patient som är inlåst på Dagö kan knappast veta något om morden. Vet du vilken patient?"

"Han heter Sigvard Lind, kallas Lusen. Har varit på Dagö sedan åttiotalet."

Stig Alm skakade på huvudet. "Det verkar hopdiktat. Han har väl sett något på nyheterna och fantiserat. De är ju inte helt tillräkneliga, Dagös patienter."

"En sak till…"

"Ja?"

"Lusen påstår att Sigurd Strömberg tog revolvern. Han har frågat Frans om vi har hittat revolvern."

"Vad menar han? Det är ingen revolver inblandad. Du får ringa upp Sunesson och försöka få klarhet."

Beskedet från Karlstad kom när Rost var beredd att lämna för dagen. Alm svarade i telefonen och behövde endast hålla luren mot örat några sekunder innan hans breda leende sa Rost att Rita hade hittats välbehållen i Grums.

Kapitel 14

Med hotet mot Rita Fransson avvärjt kunde Stig Alm återvända till mordet på paret Strömberg. Fredag morgon träffade han Rost i Södertälje utan någon exakt plan för dagen. Alm hoppades att nya idéer skulle dyka upp när de vistades i rätt miljö. Rost hoppades att han skulle slippa besöka Rosas gay-kafé. Efter en halvtimme i Strömbergs lägenhet var det dags för fikapaus.

"Vi kan testa ett nytt ställe", föreslog Rost.

"Rosas blir fint, gott kaffe och trevlig personal", avgjorde Alm.

Endast ett ungt par satt vid ett fönsterbord. Rost sneglade åt deras håll, tacksam att de verkade alldeles normala. Alm hade tankarna på annat håll. Vad var det som Sigurd Strömberg och Rutger Landström hade varit oense om när de satt vid bordet som nu användes av det unga paret? Nya idéer hade han hoppats på. Ännu hade inget ljus tänts, motivet kunde ha varit utpressning, men vad hade Strömberg att hota med och hur hade paret kunnat överrumplas i sitt sovrum? Det var Rost som uppmärksammade honom på att det var dags att beställa. Samma servitris som de hade träffat tidigare och som också hade betjänat Strömberg och Landström tog deras beställningar och återvände först med kaffet. När hon hade slagit upp åt dem båda vände hon sig mot Alm.

"Jag har tänkt mycket på hur det var när Sigurd och den andra mannen var här, det är som om något börjar klarna. Sa jag inte förut att jag inte hörde vad de talade om?"

Stig Alm blev omedelbart fullt alert, skulle de få en förklaring till morden?

"Det gjorde du bestämt, minns du något nu, något som du hörde?"

Servitrisen sneglade mot det unga paret och böjde sig sedan ner mot Alm innan hon nästan viskade i hans öra: "Jag kan inte vara helt säker, men jag tror att den andre, inte Sigurd, sa något om en revolver."

Mer än så kunde hon inte säga men hon var ganska säker på att hon hade hört ordet revolver. Det var Stig Alm också. Patienten på Dagö påstod att Strömberg hade tagit revolvern och nu detta. Revolvern måste vara viktigare än vad de hittills hade förstått. Kanske var den anledningen till morden? Men varför? Hur kunde något som måste ha hänt innan Lusen blev patient på Dagö leda till ett dubbelmord decennier senare? Det som Lusen påstod måste tas på allvar. De måste besöka Dagö och få en förklaring.

Innan de hade avslutat sin fikapaus hände ännu en sak som bekräftade hur rätt det hade varit att återvända till Södertälje. Det var det unga paret, eller mer precis den unga kvinnan, som satte Alm på spåret. När de reste sig för att gå, hon med ett visst besvär, såg han att hon var gravid. Det kunde inte vara många veckor kvar. Gravida kvinnor kontrolleras av mödravården. Sigurd Strömbergs hustru Vera hade varit barnmorska. Det var ett dittills försummat spår. Tio minuter senare var de på väg till barnmorskemottagningen vid Södertälje Södra.

Rost hade känt sig obekväm hos Rosas, på barnmorskemottagningen var känslan snarlik men av en annan anledning. Allt skrek att de befann sig i en kvinnovärld. Så många runda magar hade Rost aldrig tidigare sett på ett och samma ställe. Gravida kvinnor av kött och blod blandat med affischer med genomskärningar av kvinnokroppar, det blev för mycket. Alm, som höll ett vaksamt öga på sin kollega, hjälpte honom till en stol och bad om ett glas vatten.

"Det händer då och då att karlarna tuppar av", förklarade en ung sköterska som kom till deras undsättning.

"Jag heter Katta och är sjuksköterska här, kan jag hjälpa er med något mer än vatten?"

Med Rost någorlunda återställd förklarade Stig Alm vilka de var och deras ärende. Reaktionen blev som han hade väntat.

"Det var hemskt att höra att Vera hade mördats. Alla tyckte mycket om henne. Många patienter frågar efter henne och vi vet knappt vad vi ska svara."

Att det var hemskt höll Alm med om, men vad sjuksköterskorna skulle säga till undrande patienter kunde han inte svara på. Det var annat som hade fört honom och Rost till mottagningen.

"Det finns kanske något ställe där vi kan tala ostört?"

Det blev i ett undersökningsrum med inredning i vitt och rostfritt. Mitt i rummet stod gynstolen. Rost fäste blicken på Katta, slank och lättrörlig, ingen putande mage. Det var vad som behövdes för att han skulle behålla balansen. Alm ställde frågorna.

"Fanns det någon som var avogt inställd mot Vera?" frågade han.

"Inte här, inte bland oss som arbetar här."

"Kanske hade hon problem med någon patient?"

Katta svarade inte genast. Patienter hade de av alla sorter. De flesta var glada för den hjälp de fick, men en del hade orealistiska förväntningar.

"Det finns alltid några som inte är nöjda, sådana som tror att vi inte vill hjälpa dem. Det vanligaste är nog att de vill ha recept på sånt som kan missbrukas. Men inte leder det till mord, och absolut inte till dubbelmord."

"Det tror inte jag heller, det var säkert något annat", svarade Alm. "En annan sak, finns några av Veras egna saker kvar här?"

"Alla som arbetar här har ett eget klädskåp. Veras skåp är orört sedan hon…, sedan hon slutade."

Katta torkade ögonen med en servett från bröstfickan.

"Jag kan visa skåpet."

Veras skåp var ett i raden av likadana vita plåtskåp i det gemensamma omklädningsrummet. Inget namn, bara märkt med nummer 12 i sirliga siffror. Ett enkelt hänglås höll långfingrade individer borta.

"Är du helt säker på att det är Veras?"

Det var viktigt. Alm ville inte ta sig in i fel skåp.

"Absolut, jag har skåpet bredvid."

"Finns det en nyckel?"

Det blev Bengt Rost som fick demonstrera sina färdigheter. Det tog inte mycket längre tid för låsbygeln att släppte taget än om rätt nyckel hade använts. Skåpet innehöll vad man kunde förvänta sig när användaren inte var på plats. En vit rock hängde på sin galge, ett regnställ låg hopvikt på hyllan längst upp. På golvet trängdes vita trätofflor och gröna stövlar med ett paraply. En påse innehöll toalettartiklar. Det var först när Alm trevade med handen längst in på hyllan upptill som han fann något bakom regnstället. Han lyfte ner en grön plåtlåda med lås. Den liknade ett kassaskrin men det rasslade inte av mynt från insidan. Där fanns något tungt som gled och stoppade med en liten duns när han lutade på lådan. Bengt Rost behövde nästan två minuter för att överlista låset. Alm öppnade locket, Katta och Rost lutade sig fram för att se. Något var omlindat med ett grönt tyg. Konturerna avslöjade innehållet.

"En pistol!" utbrast Katta.

"En revolver", rättade Rost.

Tjugo minuter senare var de tillbaka i Strömbergs lägenhet. Alm hade mycket försiktigt lagt det inlindade vapnet på soffbordet. Det var, som de redan hade förstått, en revolver och den såg mycket äkta ut när den hade befriats från sitt tyghölje.

"Kan det vara den här som patienten på Dagö har frågat om?"

"Det ser ut att vara så", svarade Alm. "Men vad har det att göra med morden? Den har inte använts för att skjuta dem. Kalibern är helt fel. Det här är en magnum. Kulorna som dödade Strömbergs kom från ett finkalibrigt vapen."

Hur var revolvern kopplad till morden på paret Strömberg? Var den anledningen till att Sigurd och Vera miste livet. Det finns bara ett sätt att få klarhet.

"Vi måste höra patienten på Dagö. Jag ringer till kliniken och förklarar. Du får boka nästa flyg till Umeå åt oss."

"Vad gör vi med revolvern?" undrade Rost. Det var ett problem som måste lösas snabbt.

"Vi blir tvungna att lämna den här om vi ska hinna med flyget. Det borde vara säkert."

Klockan hade passerat sex när de parkerade hyrbilen framför kliniken. Där inne väntade förutom klinikchefen doktor Josef Heinz även kollegan kriminalkommissarie Erik Andersson. Det hade varit fel att inte varsko honom om deras besök på Dagö. Skötaren Frans Sunesson skulle komma vid sjutiden. Det var han som hade bäst kontakt med Lusen.

"Ni kanske är hungriga?" undrade doktor Heinz.

Rost var snabb att bekräfta. De hade inte ätit mer än smörgåsarna på flyget sedan de lämnade Rosas kafé. Hans mage skrek efter en rejäl måltid.

"Det finns säkert något sparat i pentryt."

Frans Sunesson anlände minuterna före sju. De tre poliserna var välbekanta besökare. Det hade varit tufft när de misstänkte honom för mord, och ingen hade beklagat eller bett om ursäkt när det stod klart att han var oskyldig. Fanns det fortfarande en liten misstanke kvar? Det märktes i varje fall inte när de hälsade. Alm tog i hand, Rost, som var i Sunessons egen ålder, höjde handen och hejade, Erik Andersson höll sig i bakgrunden.

"Vad tror du Frans, kommer Lusen att svara på frågor? Finns det något vi kan göra för att få honom att prata?"

Frans Sunesson rynkade pannan, vad menade Alm? När han själv hade förhörts hade de kommit med antydningar, påstått att de visste saker. Det hade inte fungerat då och det var inget som skulle fungera på Lusen.

"Lusen säger bara det han själv vill. Det går inte att tvinga honom."

"Har han berättat något mer för dig? Vet du något mer om revolvern som han frågade om? Undrade han verkligen om vi hade hittat den?"

Nej, Lusen, hade inte sagt något mer till Frans. Ville poliserna veta mer fick de själva tala med honom. Frans gick för att söka upp Lusen, förklara att de som letade efter revolvern var här och vill ställa frågor. Efter tio minuter kom han tillbaka.

"Lusen verkar vara intresserad. Han väntar på sitt rum."

Mötet med Lusen blev en överraskning, allra mest för Stig Alm. Lusen tog hans hand och gav honom en klapp på armen. "Du har blivit äldre men jag känner igen dig."

"Du menar, att vi har träffats?"

"Du har satt mig i fyllecellen några gånger. Jag var ung och vacker på den tiden."

Alm mindes inte att han hade satt någon ung och vacker i fyllecellen. Däremot otaliga fula som inte klarade att ta hand om sig själva. Namnen hade han glömt om han ens hade lagt dem på minnet.

"Jag kommer inte ihåg någon Sigvard Lind, men det var länge sedan."

"Du kanske minns Lusen?"

Det var första gången som någon på kliniken hörde honom nämna sitt föga smickrande öknamn.

"Kanske om jag får tänka efter. Men det får bli senare. Jag har saker jag vill fråga dig om. Har du träffat Sigurd Strömberg?"

Lusen tystnade tvärt. Var frågestunden redan över? Frans fruktade att det var så. När Lusen inte ville säga mer fanns det inget att göra.

Erik Andersson var redan på väg att lämna rummet när Lusen till sist höjde rösten.

"Jag kände Sigurd på den tiden. Vi var nästan som kompisar. Han kom hem till mig ibland bara för att kolla läget, som han sa. Sigurd borde ha fått leva längre. De tog honom till sist."

Alla utom Lusen var på helspänn. Nästa fråga var självklar.

"Vet du vilka det var som tog honom?"

"Det är väl sådant som polisen ska räkna ut?"

Egentligen inget oväntat svar. En skurk golar inte på en annan skurk.

"Jag tänkte om du kunde hjälpa mig", vädjade Alm.

Det kom ingen hjälp. Alm fortsatte med nästa fråga.

"Du undrade om vi hade hittat revolvern. Vilken revolver menar du?"

Det gick bättre.

"Den som Sigurd tog när han och en till letade hemma hos mig. Sigurd hittade revolvern och tog den med sig."

"Det måste ha varit för länge sedan. Menar du att Sigurd skulle ha den kvar? Den lämnade han väl in för provskjutning?"

"Den fanns inte med när jag blev åtalad. Inget om olaga vapen-innehav, bara narkotikainnehav."

"Varför hade du revolvern?"

"Jag gjorde beställningsjobb, det är ingen hemlighet."

"Kan du säga något om vilka som du jobbade för. Vilka var det som gjorde beställningar?"

För första gången såg de något som liknade ett leende hos Lusen.

"Det var olika, många ville ha hjälp med att driva in skulder. Men det var annat också. Du skulle nog inte tro mig om jag sa som det var."

"Du menar...?"

"Jag menar att en del beställare var sådana som du själv."

"Kan du ge mig några namn?"

Nej, det var att gå för långt, tänkte Alm sekunden senare. Men inte riktigt . . .

"Andersson, du borde kolla Andersson. Det kan bli ditt livs bästa klipp."

Alla sneglade på Erik Anderssons flammande röda ansikte.

"Nej, inte Erik. K Andersson ska du kolla."

Det var allt som de fick med sig från Dagökliniken. Efteråt bjöd doktor Heinz på supé i läkarvillan. Stig Alm och Bengt Rost skulle sova över och återvända till Umeå först nästa dag. När Heinz hade lämnat dem ensamma var det läge att spekulera. Lusen trodde sig veta vilka som var skyldiga till morden på Vera och Sigurd Strömberg men vägrade att tjalla. Han måste känna till vad som låg bakom. Var han själv en del av motivet?

En kollega, någon K Andersson hade gett honom ett uppdrag där han hade använt revolvern som Sigurd Strömberg sedan lade beslag på. Var det samma revolver som de hade hittat i Veras klädskåp? Mycket troligt. Av någon anledning var den värdefull och behövde ett bra gömställe. Ingen som letade bland Sigurds saker skulle finna den. Om något hände Sigurd skulle Vera ha den kvar och kunnat utnyttja den till... till vad då? Det som nog inte ingick i planen var att de båda skulle avlida samtidigt. Vad händer då? Till slut måste någon hitta revolvern, det hade redan hänt. Var den fortfarande farlig för någon? Kanske skulle en provskjutning ge svaret.

Kapitel 15

Säkra på att ha gjort framsteg, att ha kommit närmre lösningen på morden på paret Strömberg, återvände Stig Alm och Bengt Rost genast till Strömbergs lägenhet sedan deras flyg hade tagit mark på Arlanda. Motivet hade med revolvern att göra och revolvern hade de själva. Den hade använts av Lusen, han hade nästan gett dem namnet på sin uppdragsgivare. Även om brottet var gammalt så fanns ledtrådarna sparade. Med lite tur skulle de finna kulorna som matchade revolvern.

Ett hårt slag väntade dem. Alm skulle förbanna brådskan när de gav sig av till Umeå. Om de hade tagit nästa flyg hade de hunnit lämna in revolvern på NOA. Där skulle den ha legat säkert till dess de återvände. Nu var den borta, spårlöst försvunnen. Alm letade där han visste att han hade lagt lådan med vapnet, han letade dessutom på alla andra ställen där han visste att han inte hade lagt den. Det hjälpte inte och Rost fick för första gången se Stig Alm på gränsen till sammanbrott. Det tog ett tag innan Alm åter kunde tänka som en polis.

Vem kände till att de hade lämnat kvar revolvern? Inte kunde väl Bengt ha... Nej, Alm slog bort tanken. Bengt Rost var ett mönster av lojalitet och pålitlighet. Det måste ha varit någon annan, någon hade sett dem, nej, inte sett, men hört dem komma fram till att vapnet fick stanna i lägenheten. Den insikten behöll Stig Alm för sig själv. Om någon lyssnade var det bäst att Rost inget visste. Han skulle fortsätta att prata naturligt och inte låta som om han talade till en mikrofon.

Sedan det tekniska. Någon hade tagit sig in i lägenhet utan att bryta upp dörren. Likadant hade det varit när Strömbergs mördades. Låset var av säkerhetstyp. Hur många nycklar hade det funnits? Rost hade en, Vera och Sigurd hade haft varsin. Var någon av dem en nytillverkad kopia?

"Bengt, kan jag få se din nyckel?"

Alm hade själv den som kom från Sigurds nyckelknippa. De såg helt identiska ut, ingen märkning förutom tillverkarens varumärke.

"Original, ser det ut som", konstaterade Alm.

"Dessutom ganska nya", anmärkte Rost. "Inte mycket slitage. Kan låset ha blivit utbytt?"

Det verkade rimligt. Huset hade åtskilliga år på nacken och behovet av ett säkert lås upplevdes som större nu än när det byggdes.

"Vi knackar på hos grannen och frågar."

Det var fortfarande Olander mitt emot som var hemma och öppnade. Han kände igen dem sedan mordnatten.

"Har det hänt något mer? Man väntar sig det värsta när polisen knackar på."

"Ingenting i närheten av när vi träffades senast. Jag vill ändå fråga dig om du har lagt märke till någon främmande person."

"Hurså?"

Nu gick det inte att komma med *incident* en gång till. Alm var tvungen att säga som det var.

"Någon har varit i Strömbergs lägenhet sedan i går eftermiddag."

"Ett inbrott?"

Alm skakade på huvudet.

"Nej, någon har gått in med nyckel."

"Jag har inte sett eller märkt något. Kan det inte ha varit en annan polis?"

Det var ingen dum tanke. Det hade varit vad Alm själv hade antagit om den okände besökaren inte hade letat reda på lådan med revolvern.

"Kanske, vi får undersöka det. Förresten, vet du om Strömberg har bytt låset till lägenhetsdörren nyligen?"

"En låssmed var där för ett halvår sedan och satte in ett nytt lås som skulle vara bättre. Det var någon som Sigurd kände."

Alm blev så ivrig att han nästan stammade vid nästa fråga.

"Vet du vilken låssmed?"

"Javisst, Sigurd rekommenderade honom. Han kom från SafeHome."

För första gången sedan han tvingades konstatera att revolvern var försvunnen glimmade det till i Alms ögon. Nyckelmysteriet var löst! Granne nummer två i samma trapphall var inte hemma denna gång heller. Alm nöjde sig med beskedet från Olander. Förmodligen hade någon smugit in med en nyckel från SafeHome under natten. Det var knappast lönt att störa de som bodde på övriga våningsplan. Viktigare saker väntade.

***

Stormäster kunde andas ut. Revolvern var återbördad efter mer än två decennier i orätta händer. Det var en seger som måste firas. Han hade bjudit sina närmsta medarbetare i banken på portvin utan att kunna förklara anledningen.

Det var inte många av ordens medlemmar som hade känt till att det fanns en revolver som var ett problem. Kretsen av invigda hade hållits så snäv som möjligt. Kunskapen om vapnet fick inte gå förlorad men den fick inte heller läcka ut. Det som hade gjort vapnet värdefullt hade inträffat för så länge sedan att Stormäster inte hade varit mer än en enkel Broder i De Heliga Två Korsens Orden. Han hade blivit informerad först när han blev upphöjd till Mäster.

Ordens inkomster hade varit hotade. Korruption och dålig ekonomisk koll inom statsapparaten hade varit och var fortfarande en av ordens inkomstkällor. På åttiotalet hade det kunnat ta slut. Rutiner skulle stramas åt, revisorer skulle granska departementens samtliga räkenskaper på detaljnivå. Något drastiskt måste till för att rikta uppmärksamheten åt annat håll. Orden hade aldrig tvekat att agera när dess intresse hotades. Stormäster var säker på att åtgärden hade varit nödvändig. Han skulle inte tveka att agera lika resolut igen om det krävdes.

När Strömberg kom över vapnet hade han insett att han hade något värdefullt i sin ägo. Han hade spårat Brodern som var den ursprungliga ägaren. Som bankman undrade Stormäster om Strömberg inte hade underskattat sina möjligheter med ett så eftertraktat föremål. Han hade krävt att Orden skulle betala vårdavgiften för ett handikappat barn och en pensionsförsäkring åt honom själv. Strömberg hade varit försiktig, rädd att det skulle se ut som om han levde över sina tillgångar. Om Stormäster hade varit förvaltare åt Strömberg hade han kunnat ordna ett förmånligare avtal. Det hade varit ett dubbelspel från Stormästers sida. Han hade agerat som bankir för största möjliga avkastning till Strömberg och som förhandlare åt Orden för att begränsa kostnaden. Det var inget ovanligt, tvärtom, det var sådant som fick hjulen att snurra.

Agenten som hade tagit uppdraget var sedan länge placerad på en psykklinik. Han var ofarlig, han visste inte vem som var den verkliga uppdragsgivaren. Han hade endast träffat Mellanhanden som nu var det enda återstående orosmomentet.

***

Om Bengt Rost hade planerat lördagen som en halvdag fick han tänka om. Efter ett generöst lunchuppehåll satt Rost och Alm i förhörs-rummet med Knut Rustholm och hans advokat Sten Ranung. Vid det förra tillfället hade Ranung med emfas hävdat sin klients oskuld. Nu hade han en mer modest framtoning. Rustholm verkade i det närmaste ointresserad. Han hade avslöjat allt av betydelse för sin advokat och nu var det dennes uppgift att göra det bästa möjliga av situationen. Alm började som väntat med att fråga Rustholm om det var något han ville säga innan utfrågningen tog vid. Det blev, som vid det förra tillfället, advokat Ranung som svarade.

"Min klient medger att han ämnade föra ut en stor summa kon-tanter ur landet. Han medger också att passet som han använde inte var hans eget. Men det finns förmildrande omständigheter som jag återkommer till. Han medger också att han var närvarade när Rita Fransson hämtades från sitt vårdboende samt att han gjorde det tillsammans med Rutger Landström. Även där finns det omständigheter som klart visar att det inte fanns något brottsligt uppsåt från min klients sida."

Stig Alms första fråga blev en total överraskning för advokaten och hans klient.

"Hur många extra nycklar gjorde du till Strömbergs lägenhet?"

Advokat Ranung såg undrande på sin klient. Rustholm blundade.

"Hörde du frågan eller behöver jag upprepa den?"

Advokaten ruskade lätt i sin blundande klients axel.

"Är det något som vi behöver tala enskilt om?"

Rustholm skakade på huvudet.

"Jag vet inget om några extra nycklar till Strömbergs lägenhet. Varför skulle jag ha gjort extra nycklar?"

"Du bytte låset till hans ytterdörr för ett halvår sedan. Vi har de tre nycklarna som levererades med låset. Men det finns minst en till som någon har använt för att ta sig in."

Advokat Ranung bröt in: "Min klient vet inget om extra nycklar. Om det finns kan Strömberg själv ha skaffat dem. Kan vi lämna detta nu?"

Frågan om nycklar hade inte varit mer ett par jabbar. Nästa fråga kom som en rak höger.

"Vad har du att säga om revolvern som Strömberg gömde?"

Varken Ranung eller Rustholm sa något. Till slut, efter nästan en minuts tystnad var Ranung tvungen att kommentera.

"Du kommer med den ena nyheten efter den andra. Vad är det för revolver du frågar om? Du drar upp saker som inte har något att göra med det som min klient anklagas för. Förklara dig!"

Alm hade inget emot att gå advokaten till mötes.

"Det finns en anledning till att din klient var med och förde bort Rita Fransson från vårdboendet och att han sedan försökte ge sig av till Singapore med en resväska fylld med kontanter. Det är den saken som ska redas ut."

Alm vände sig mot Knut Rustholm:

"Du kommer väl ihåg Lusen, eller Sigvard Lind som han heter i förhörsprotokollen?"

Nu såg det ut som om bilden började klarna för Rustholm.

"Lusen ja, men han hamnade väl på psyket efter ett dråp? Har han påstått något om mig? Han kan knappast kallas tillförlitlig."

"Lusen har inte tjallat, men han påstår att en polis vid namn K Andersson är inblandad i det som hände med revolvern. Hur många K Andersson vid Stockholmspolisen kan han ha känt?"

Rustholm hann inte svara innan hans advokat avbröt.

"Vad har det att göra med min klient?"

Det visste Rustholm redan, men Alm förklarade för advokat Ranung.

"Din klient hette Knut Andersson när han var piketpolis i Stockholm på åttiotalet. Det var då han lärde känna Lusen."

Fortsättningen var ämnad för Rustholm:

"Om revolvern vet vi att den har legat gömd sedan länge. Det kommer inte att bli svårt att finna DNA-spår från dem som har hanterat den. Det var väl ingen som tänkte på DNA vid den tiden? Tänk på att mord aldrig preskriberas. Om du samarbetar nu kan du ha nytta av det i rätten."

Bengt Rost kunde lätt föreställa sig Rustholms bryderi.

"Jag har aldrig haft något att göra med en gömd revolver. Lusen träffade jag vid flera tillfällen, men om han påstår att jag har något att göra med en gömd revolver då ljuger han."

Längre kom de inte och tur var det att varken Rustholm eller hans advokat frågade om de verkligen hade revolvern. De förmildrande omständigheterna vid kidnappningen och valutasmugglingen var inget som Stig Alm tänkte lägga tid och energi på. Det var sådant som advokat Ranung skulle tala länge och väl om under häktningsförhandlingen.

"Det har varit en lång dag med både framsteg och en svår motgång. Är vi inte värda att koppla av nu, avsluta med middag på något trevligt ställe?"

Det var en ovanlig propå för att komma från Stig Alm. Han umgicks inte gärna med kollegor på sin fritid. Bengt Rost var inte ovillig att avsluta dagen med middag.

"Gärna, tänker du på något speciellt?"

"Nja, ingen guldkrog, något enklare och mer prisvärt. Vi har ju bara våra små polislöner."

Prisvärt lät bättre än billigt, Rost fattade undermeningen.

"Jag vet ett bra ställe som inte kostar skjortan."

Här var det meningen att Alm skulle svara *var då*, men det kom ingen fråga från Alm, Rost fortsatte:

"Baren där jag träffade taxifolket kvällen när Strömberg mördades. Vi kan gå dit på mindre än tio minuter."

Stekoset kände Rost igen från det förra besöket. Då hade han valt att sitta vid ett bord med tre obekanta som sedan blev hans sällskap på kvällens och nattens barrunda. Den här gången slog de sig ner vid det enda lediga bordet. Stig Alm såg sig omkring. Det fanns inga kända ansikten och förhoppningsvis kände ingen igen honom. Rost behövde inte oroa sig för att bli igenkänd som polis. Han var återigen mannen med ärvda pengar som hade planer på att etablera sig som taxiåkare.

Matsedeln var densamma som vid Rosts förra besök. Fem varianter av husmanskost och en vegetarisk lasagne.

"Undvik kåldolmarna", rådde Rost med ett brett leende. Alm verkade brydd men fick ingen förklaring.

De hade inte mer än fått in varsin ölsejdel när Rost kände att någon lade handen på hans axel. Han vred på huvudet och såg en av sina få bekanta i huvudstaden.

"Bobby! Vilken överraskning! Det här är Stig, min granne."

Granne var det bästa han kunde komma på. Stig Alm skakade hand med Bobby och föreföll på intet sätt besvärad av att ha blivit degraderad från kriminalinspektör till granne.

"Får jag slå mig ner?"

Självklart var Bobby välkommen. Det kunde dessutom bli intressant rent polisiärt. Rost hade inte nämnt något till Alm om att taxibilar körde in pengar utan passagerare. Om han kunde få Bobby att berätta.

Det gick trögt till en början. Innan maten hade kommit på bordet och med Bobbys första bägare fortfarande fyllt till hälften, beställde Rost en ny omgång.

"Töm ditt glas så du kommer i kapp!" uppmanade Rost sin vän.

Bobby kämpade på för att hålla jämna steg, och efter två tomma bägare började han berätta:

"Det är inget konstigt. Du bestämmer dig för en körning, säg till Arlanda så att det blir en rejäl tur, startar taxametern och skriver sedan ett kvitto när du är framme. Sedan kan du göra likadant på återresan."

"Men vem tjänar på det?" undrade Alm.

"Jag, jag får en femtedel av det som står på kvittot. Jag skriver ettusen och tjänar tvåhundra i varje riktning."

"Räcker tvåhundra till bensin och annat som bilen kostar?" Alm var konfunderad.

"Det spelar ingen roll. Jag betalar inte bilen och bensinen. Om du vill prova själv så kan jag fixa körningar åt dig."

Det sista var riktat till Rost som i sitt nuvarande tillstånd var ganska frestad. Han skulle lätt tjäna mer än sin polisassistentlön. Stig Alm, som hade låtit den tredje bägaren stå orörd, fortsatte utfrågningen.

"Vem är det som får dina kvitton och betalar dina tjugo procent?"

"Kvittona lämnar jag i garaget som har hand om bilen. Sedan får jag pengarna på mitt lönekonto."

"Har du inget namn på företaget som betalar dig?" frågade Alm. "Det måste finnas en kontaktperson."

Bobby hade själv undrat vem som låg bakom, vilket företag som fick hans kvitton och betalade ut tjugo procent.

"Det är nog lite hemligt. Jag vet bara det jag fick veta när jag började. Jag fick ett papper som jag fyllde i, ett slags kontrakt, från en person som jag träffade i garaget. Sedan har jag aldrig sett honom, men det spelar ingen roll. Det fungerar, jag får betalt och det är inte olagligt."

Bengt Rost hade lyssnat på frågor och svar. Det var tredje eller fjärde gången som han hörde Bobby försäkra att det inte var olagligt. Även om Bobby var övertygad om att det han själv gjorde var lagligt måste han förstå att kvittona som han lämnade i från sig användes till något fiffel. Någon som hade kommit över kontanter olagligt, genom rån, utpressning, vad som helst, behövde kunna redovisa dem som inkomst av en laglig verksamhet. De låtsas vara ett taxibolag, har chaufförer som kör för deras räkning och påstår att kontanterna är betalningar från kunder. Det blir mycket svinn men ändå tillräckligt med rena pengar på bankkontot.

"Du sa att du kunde fixa körning åt Bengt. Hur då?"

"Jag lämnar hans kontaktuppgifter med kvittona till garaget."

"Vad händer sedan?"

Varför så många frågor? Bobby tvekade.

"Bengt väntar till dess han blir kontaktad."

Rost hade hållit tyst, sett till att verka lagom intresserad. Alm kunde inte fortsätta att fråga ut Bobby hur länge som helst. Det liknade någon som är ute efter en historia. En journalist kanske, eller i värsta fall en polis. Det måste få ett slut innan Bobby genomskådade deras taktik.

"Du har kortet med min adress och telefonnumret. Lämna det till garaget och säg att jag är intresserad."

Maten kom på bordet, Alm beställde en omgång till att dricka, vatten den här gången och samtalet rörde sig bort från Bobbys egendomliga tomkörningar. Som ofta när grabbar träffades snackades det fotboll. Alm höll på Bajen, Bobby på Djurgår'n och Bengt Rost på Umeå FC. Alm och Bobby undvek att jämföra sina favoritlag och sa i stället snälla saker om Umeå FC.

"Jag har för mig att de var uppe i allsvenskan någon gång på nittiotalet", mindes Alm.

"Nittiosex, slutade på elfte plats", svarade Bengt Rost utan att tveka.

Det var inte mycket att komma med. Något mer spel i den högsta serien hade det inte blivit. Bengt Rost kommenterade i stället det han hade på tallriken, köttfärslimpa med mos, gräddsås och lingonsylt.

"Farligt gott det här för en sådan som mig."

Bobby och Stig Alm, som åt sotare, var lika nöjda och slapp dessutom tänka på vikten.

Kapitel 16

Bengt Rost lyckades inte dölja en gäspning när han anlände till NOA på söndagsmorgonen. Det hade inte blivit sent kvällen före, tvärtom. Redan vid halv åtta hade Bobby ordnat en bil som tog honom till den lånade lägenheten i Rinkeby. Det var kartstudier som hade hållit honom vaken halva natten. Endera dagen kunde någon ringa och erbjuda honom arbete som taxiförare. Han ville inte bli avfärdad bara för att han inte kunde svara på bästa vägen från Akalla till Solna.

De hade en arbetsuppgift som måste klaras av under söndagen. Rutger Landström skulle förhöras innan häktningsförhandlingen nästa dag. Att göra det redan klockan nio kändes onödigt. Landströms försvarare, en jur kand Annika Samuelsson, hade propsat på att få det gjort på förmiddagen. Alm, som skulle ta sina två döttrar till Skansen senare på dagen, hade inte haft något emot att starta tidigt. Han lät Rosts gäspning passera utan kommentar.

"Jag hoppas vi blir klara till elva", sade Alm. "Det är mest en formsak att Landström får tillfälle att förklara sig innan häktningen. Försvaret har nog samma inställning. Hon ringde i går kväll för att försäkra sig om att vi inte blir sena."

Det lät bra. Med förhöret snabbt överstökat borde Rost hinna sova ett par timmar innan lunch.

De hann med en snabb kopp kaffe innan de tog sig till förhörsrummet där Landström och hans biträde väntade. Annika Samuelsson var nog närmare femtio än fyrtio. Borde hon inte ha kommit längre i karriären än till jur kand, undrade Rost. Hon var kanske inte den smartaste av jurister? I vilket fall verkade hon bekväm med att bistå Landström.

Alm hälsade först på Annika Samuelsson, sedan på Landström. Rost nickade åt dem båda. Ingen fäste något avseende vid vakten från häktet. Rost visste vad som skulle följa sedan Alm hade dragit de obligatoriska inledande fraserna till inspelningen.

"Landström vill kanske säga något inledningsvis?"

Landström var förberedd. Han tog fram ett manus, vecklade omsorgsfullt ut pappret och började högläsa:

"Jag borde ha varit uppriktigare vid våra tidigare samtal. Jag förnekade vissa saker som jag fann besvärande. Det var fel av mig och nu är jag beredd att tala om hur det verkligen var. Jag har känt Sigurd Strömberg sedan mer än tio år. Jag kände även till att han ansvarade för Rita Fransson, sin förra hustrus handikappade dotter. Jag hade lovat Sigurd att hjälpa Rita om något skulle hända honom. Rita kunde inte bo kvar på Sollyckan, det kostade alldeles för mycket. Jag var tvungen att flytta henne till ett annat hem. Hon kunde bo tillfälligt i mitt hus i Grums där hon fick tillsyn av två av mina bekanta.

Det fanns ett problem. Endast Sigurd Strömberg kunde hämta Rita från Sollyckan. Det var därför som jag påstod att jag var Sigurd. Det är nog det enda olagliga i den här historien. Det är riktigt att jag träffade Sigurd på kaféet i Södertälje och på restaurangen i Mariefred. Jag har träffat honom på flera andra ställen också om det har någon betydelse. Det var dumt av mig att förneka det men jag ville inte bli samman-kopplad med Sigurd och Rita innan jag hade hunnit ordna för Ritas vidare boende."

Där blev det tyst. Rost undrade om det fanns något kvar att fråga om. Landström hade förklarat. Allt han hade gjort var att uppfylla ett löfte till den mördade Sigurd Strömberg. Det kunde han väl knappast dömas för?

Stig Alm var inte lika övertygad om det goda uppsåtet. Det fanns fler inblandade som måste höras.

"Du säger att Rita fick tillsyn av två bekanta i Grums. Vilka då?"

Det svarade Landström inte på.

"Av hänsyn till de som hade hjälpt till", förklarade han.

Fler frågor blev det inte. Landström hade fått lägga fram sin syn på det han anklagades för, det var så mycket som han hade rätt till. Stig Alm och jur kand Annika Samuelsson tog ett hastigt farväl och försvann för att sköta sina angelägenheter, vakten återvände med Landström till häktet och Bengt Rost var fri resten av söndagen.

***

Måndag förmiddag hölls häktningsförhandlingar. Knut Rustholm blev häktad på sannolika skäl misstänkt för försök till valutasmuggling och urkundsförfalskning, Rutger Landström släpptes. Bengt Rost var besviken, han undrade om de hade kunnat göra mer för att även få Landström häktad.

"Det enda vi har på honom är att han flyttade Rita från Sollyckan till Grums", förklarade Alm. "Hans påstående att det var på uppdrag av Sigurd Strömberg är svårt att motbevisa. Även om han blir åtalad och fälld blir straffet knappast så långt att det är befogat att hålla honom häktad. Det är bara att svälja förtreten och gå vidare. I dag ska vi söka upp grannen till Strömberg, den som aldrig är hemma när vi ringer på."

Hans Lundgren skulle finnas hos sonen i Solna. Det hade de hört från Olander, den andra grannen på samma våningsplan. Det fanns bara en Lundgren i Solna och chansen att finna pensionären Hans Lundgren i sonens lägenhet var så god att de sökte upp honom utan att meddela i förväg.

"Det är alltid bäst att komma oanmäld."

Det hade Rost hört tidigare. Det var något om att inte ge den som skulle intervjuas tid att tänka igenom vad som borde hållas hemligt.

Någon gläntade tvekande på lägenhetsdörren först efter den tredje ringsignalen.

"Det är ingen hemma." Den var en äldre mans röst.

Stig Alm visade sin legitimation i dörrspringan.

"Polisinspektör Stig Alm, Nationella operativa avdelningen, vi vill tala med Hans Lundgren."

Dörren öppnades ytterligare några centimeter, även Rost kunde se den som inte ansåg sig räknas som hemmavarande. En man i åttioårsåldern, några vita strån vid öronen, flera framtänder saknades.

"Vill ni tala med mig? Varför då?"

"Jag vill fråga om du har sett något ovanligt i huset i Södertälje där du har en lägenhet. Får vi komma in?"

Hans Lundgren tvekade ett ögonblick. Den som hade legitimerat sig verkade reko men hur var han som höll sig i bakgrunden?

"Vem är det som du har med dig?"

"Förlåt, det borde jag talat om. Det är polisassistent Bengt Rost."

De blev insläppta, visade till vardagsrummet och erbjudna att ta plats i soffan. Alm tog om frågan om Lundgren hade sett något ovanligt.

"Nej, jag har inte varit där på mer än två månader."

"Hur kommer det sig?" undrade Alm.

Det var nu som nyttan av att komma oanmälda visade sig.

"Jag hyr ut lägenheten, jag menar…, det är en som lånar den av mig."

Det var som om Lundgren hade sagt för mycket och sedan försökt förminska skadan. Stig Alm anade anledningen.

"Vi kommer inte från skatteverket. Du vet säkert att Sigurd och Vera Strömberg, dina grannar, blev mördade för två veckor sedan. Det är därför vi måste tala med alla som fanns i närheten av deras lägenhet. Vem är det som du lånar ut lägenheten till?"

Rost märkte att den gamle mannen verkade lättad. Han tillhörde en generation med mycket respekt för myndigheter. Att bli ertappad med att tjäna på andrahandsuthyrning var nog bland det värsta han kunde föreställa sig.

"Han heter Arne Olsson. Han hade hört att jag sällan bor i min lägenhet och undrade om han kunde få låna den en tid. Det var för två månader sedan."

"Du känner honom inte alls då?" frågade Alm.

"Nej, han bara kom hit, precis som ni själva."

"Legitimerade han sig, kan du vara säker på att Olsson är hans rätta namn?"

"Nej, han behövde inte legitimera sig. Jag fick kontant betalning för tre månader."

"Du menar, du tog emot betalningen och han fick nyckeln till lägenheten? Det var inte mer än så? Inget kontrakt eller annat papper?"

Nej, inget hade blivit skrivet. Det gällde bara tre månader och hyran var betald. Olsson skulle lämna tillbaka nyckeln efteråt, det var allt. Alm frågade hur mycket Olsson hade betalat.

"Jag fick tolvtusen, det mesta har jag kvar än. Jag gör inte av med mycket kontanter."

En tanke slog Rost. Han var tvungen att få ett svar.

"Räknade ni pengarna när han betalade?"

Det hade de gjort, vid köksbordet. Nästa fråga var viktig.

"Vem var det som lade ut sedlarna på bordet.?"

Det hade Olsson gjort. Han hade lagt femhundralappar i två högar med tio i varje och en hög med de återstående fyra. Allt hade gjorts korrekt och bevittnats av Hans Lundgren och hans son.

Nu hade Stig Alm förstått varför betalningssättet var intressant.

"Har du pengarna kvar här hemma?"

"Javisst, de ligger på ett säkert ställe."

"Då vill jag växla till mig några av sedlarna nu genast. Har du något emot det?"

Sex femhundrakronorssedlar bytte ägare. Alm behövde även lägga beslag på resten av hyresintäkten. Det bestämdes att Rost skulle återvända inom ett par dagar och växla till sig återstoden. Till dess skulle sedlarna ligga orörda.

"En sak till. Vi har ringt på flera gånger i Södertälje utan att någon har öppnat. Vi behöver komma in i din lägenhet. Om vi får låna en nyckel så slipper vi bryta oss in."

De lämnade Lundgren med sex sedlar i en bevispåse och nyckeln till lägenheten i Södertälje på Rosts nyckelknippa. Att Olsson i verkligheten hette något helt annat än Olsson tvivlade varken Alm eller Rost på. Men de var ganska säkra på att de hade hans fingeravtryck.

***

Det var dags att ta lunchpaus, men Stig Alm hade inte några tankar på mat. Han körde E-fyran söderut klart över skyltad hastighet. Ett par laglydiga medtrafikanter blev så upprörda när han passerade att de gav honom ett rapp bakifrån med helljuset. Parkeringen utanför Strömbergs port blev inte heller helt korrekt. Rost placerade spaden märkt *STOP POLIS* innanför vindrutan. Den borde hålla lapplisorna borta.

De gick rakt på Lundgrens dörr, ringde på och väntade en kort stund innan Rost satte nyckeln i låset och vred om. Det luktade unket, ovädrat, som om ingen hade varit där på flera veckor. Alm gick först genom hallen, Rost följde honom i fotspåren. Lägenheten kunde vara en brottsplats. Den märkliga uthyrningen, med kontant betalning, pekade åt det hållet.

"Vi undviker att lämna spår till dess vi vet vad som finns här."

Det behövde knappast sägas, inte ens till någon som hade fått det mesta av sin polisiära erfarenhet i Umeå. Alm hade tagit på plasthandskar och Rost höll händerna i byxfickorna för att inte frestas att vidröra någonting.

Det var inga problem med dörrhandtagen. Samtliga dörrar mot hallen stod på glänt, en lätt knuff med foten fick dem att svänga upp helt. Inredningen i vardagsrummet hade passerat bäst före med råge. Möblerna måste ha följt med från en tidigare bostad. Köket var fräschare, köksmaskinerna var kanske tio år gamla. Ingenting verkade konstigt eller misstänkt. I de båda sovrummen var bäddarna i god ordning. Badrummet och det extra toalettutrymmet verkade inte ha använts sedan de blev städade. Det återstod endast ett rum, det som i Strömbergs lägenhet användes som tvättstuga och förråd. Ingången var från köket och den dörren var låst.

"Jag undrar om det är lönt att leta efter nyckeln?"

Det undrade Alm också. Det skulle spara tid om de hittade den. På måfå öppnade han försiktigt de närmsta skåpluckorna utan att finna annat än matporslin. Om han själv skulle förvara en nyckel i köket hade den nog hamnat i den översta bestickslådan. Han drog ut och plockade i innehållet med samma klena resultat.

"Det finns en verktygslåda i förrådet hos Strömbergs", sa Alm. "Hämta den så öppnar vi dörren."

De två sprintarna till gångjärnen lossnade när Rost gav sig på dem med skruvmejsel och hammare. De hjälptes åt att placera dörren på golvet. Rost trevade på insidan efter strömbrytaren när Alm med ett omilt tag drog undan armen.

"Du glömmer visst att du inte har handskar!"

Efter den tabben åkte händerna ner i byxfickorna igen.

Det blev Alm som tände belysningen. Precis som hos Strömberg använde Lundgren det fönsterlösa utrymmet till förvaring och tvättstuga. Men där fanns också något som Rost inte hade sett hos Strömberg. På ett hyllplan låg en laptopdator, och bredvid den en låda med några knappar och en antenn. Alm hade sett sådant tidigare och förstod.

"Det är grejor för avlyssning. Mikrofonen måste finnas i Strömbergs lägenhet. Det var på det viset de fick reda på att vi hade hittat revolvern."

"Har det suttit någon här och tjuvlyssnat?"

"Nej, ingen behöver sitta här. Det ser datorn till. Den skickar vidare allt som hörs med Skype eller något liknande. Den som lyssnar kan lika gärna sitta i Kina."

"Det blir inte lätt att hitta någon i Kina", konstaterade Rost.

"Nej, inte i Farsta heller när vi inte vet var vi ska leta. Nu rör vi ingenting här. Lägenheten måste spärras av och dörrlåset bytas. Vi får vakta till dess någon kan avlösa."

Efter trekvart anlände två män från Stockholmskriminalen med en låssmed i sällskap. Under väntetiden slog det Rost att avlyssningen nog hade hjälpt mördaren att välja vid rätt tillfälle att ta livet av paret Strömberg. Han hade sagt till sitt värdfolk att han skulle bli sen, den som lyssnade hade vetat när det var fritt fram. Den eller de hade haft tid på sig att planera och sedan gå in i lägenheten med en extra nyckel. Om Sigurd eller Vera hade hört någon komma hade de antagit att det var han själv som återvände.

Om det sög i Alms mage så var det fullt uppror hos Rost. Klockan närmade sig fyra och ingen av dem hade ätit något sedan frukosten. Ändå var det för tidigt att uppsöka ett matställe. Alm hade sex sedlar att lämna in på labbet. På dem fanns nästan säkert fingeravtryck från den som hade ordnat avlyssningen av Strömbergs lägenhet, kanske samma individ som sedan hade gått in och mördat. Det var först sedan sedlarna hade levererats med löfte om en snabb behandling som två svultna polismän kunde slå sig ner för att äta. Alm hade lotsat Rost till ett ställe nära NOA, en hamburgerbar som även serverade kyckling- halvor. De hade hunnit till kaffet när Alms mobiltelefon ringde. Det väsnades vid bordet intill men Alm uppfattade ändå klart vad den uppringande hade att meddela.

"Vi har träffar på tre av sedlarna som du lämnade. Samma avtryck finns på passet som Knut Rustholm använde när han försökte smita till Singapore. Men det är inte Rustholms avtryck, det hade vi redan kollat."

163

Alm sneglade mot sällskapet intill. De diskuterade ivrigt och intresserade sig inte på minsta sätt för Bengt och honom själv. Det som han hade fått veta kunde i bästa fall leda dem till mördaren. Han måste berätta för Rost men nyheten fick absolut inte spridas. Han lutade sig så nära att Rost hade ryggat om det hade hänt på Rosas kafé.

"Det kan vara Landströms avtryck" konstaterade Rost när han hade hört vad Alm viskade."

Stig Alm hade tänkt samma sak. I så fall var det Landström som hade hyrt lägenheten, kanske hade han även installerat avlyssnings-utrustningen, kanske var han deras mördare. Han hade god lust att genast ta in honom och ta hans fingeravtryck. Haken var, som ofta, intendent Skarp. Landström hade släppts och fick inte störas utan goda skäl och intendentens godkännande. Det var Rost som fann utvägen.

"Kerstin Larsson blev anställd som praktikant på Företagsskydd av Landström. Hon fick ett papper, något slags anställningsbevis, av Landström. Där finns nog både fingeravtryck och DNA."

Kerstin satt med skrivbordsjobb på stationen i Umeå när Rost ringde.

"Det är klart att jag har kontraktet kvar. Jag är fortfarande anställd trots att jag avvek lite hastigt vid det senaste arbetspasset."

Det tog ett par minuter att förklara.

"Vi behöver alla avtryck utom dina egna."

"Då är jag inte misstänkt då?"

Rost hade svårt för Kerstins skämtlynne.

"Jag tar tillbaka. Skicka med dina avtryck också så lämnar jag dem till Stockholmskriminalen. De vill gärna veta vem som sköt skarpt i en butik som säljer mobiltillbehör."

Det blev inga fler skämt. Rost kände, för en gångs skull, att han hade gått segrande ur ordväxlingen.

Kapitel 17

Tisdag förmiddag kröp fram i en takt som kunde ha fått en snigel att verka jäktad. Stig Alm studerade förstoringar av fingeravtryck från sedlarna som hade varit betalning för Hans Lundgrens lägenhet. På tre av de sex femhundringarna fanns det samma avtryck som på passet som Rustholm hade använt.

Teknikerna hade gjort en första inspektion av lägenheten och den elektroniska utrustningen föregående kväll. Det var som Alm hade misstänkt, mikrofon och sändare gömd i Strömbergs vardagsrum och mottagare kopplad till Skype i Lundgrens lägenhet. Allt som sades i vardagsrummet kunde avlyssnas med en dator, surfplatta eller smart mobil varhelst det gick att ansluta till Internet.

Alm hade ännu inte rapporterat fyndet och förlusten av revolvern. Han hoppades fortfarande att den, oklart hur, skulle dyka upp igen. *Känsligt spaningsläge* hade han förklarat för Bengt Rost som hade lovat att hålla tyst.

Det dröjde till halv tolv innan fingeravtrycken från Kerstin Larssons anställningskontrakt anlände med e-posten. Det var åtta förstoringar av avtryck, ett par ganska otydliga, från sex olika fingrar. Rost printade ut dem på papper innan de satte sig att jämföra.

"Det här kan vara något!"

Det var det tredje avtrycket från kontraktet, ett av de otydliga. Kanten av en tumme kanske. Rost försökte passa ihop det med ett av avtrycken från sedlarna men det stämde inte riktigt. Det tog ytterligare två försök innan han fann en säker match.

"Helt klart samma", bekräftade Alm. "Det kan knappast vara något annat än Rutger Landströms tumme."

Tolv minuter senare hade intendent Skarp beslutat att Rutger Landströms skulle hämtas för att lämna sina fingeravtryck. Det hade gått knappt ett dygn sedan han hade släppts. Var skulle de söka honom? Att ringa och fråga var ingen bra idé. Det hade Skarp lärt sig av Rustholms rymningsförsök.

"Vi delar på oss. Du och din assistent söker honom i bostaden, jag tar med en man och ser om han finns på sitt kontor."

Intendent Skarp anade återigen att framgången väntade runt hörnet. Han skulle själv leda det avgörande skedet.

Det var bara Elinor, Rutger Landströms sambo, som var hemma i Saltsjöbadsvillan.

"Men Rutger blev fri. Vad vill ni honom? Ska han aldrig få vara i fred?"

Alm log inställsamt när han svarade:

"Bara rutin. Några saker som vi inte hann fråga om. Vet du var han är?"

"På jobbet som vanligt folk så här dags på dagen."

Sedan var det som om hon läste Alms tankar.

"Jag jobbar hemifrån med bokföring åt Rutger och Knut."

"Åt Företagsskydd och SafeHome?" undrade Alm.

"Ja, och åt *Taxileese*."

"*Taxileese?*"

Det var ett för Alm obekant namn.

"Rutger hyr ut taxibilar", förklarade Elinor.

Det var Rutger Landström som lät taxibilar rulla tomma för att tvätta svarta pengar. Ännu en anledning att ge honom fritt logi i en poliscell. Alm hade gärna tittat i bokföringen men kunde inte ta den med tvång. Rost tänkte på Bobby och hans kollegor som skulle mista sin synnerligen modesta ersättning för sur mage och värkande rygg.

166

De var på väg att lämna när Alms mobil ringde. Intendent Skarp hade inte heller funnit Rutger Landström, han hade inte varit på kontoret under dagen och ingen visste var han höll hus. Fanns det något annat sätt att komma över hans fingeravtryck?

"Inte utan tillstånd att undersöka bostaden", svarade Alm på intendentens fråga.

Det tog Skarp fem sekunder att besluta om husrannsakan.

Elinor verkade inte överraskad när Alm förklarade att förundersökningsledaren hade bestämt att hennes och Rutgers hem skulle undersökas. Hon visade dem var Rutger Landström hade sina privata saker. En trappa upp fanns kontoret. Bengt Rost såg sig om efter lämpliga föremål som hade hanterats av Landström. Pennor fanns det gott om men avtrycken skulle inte bli kompletta. En linjal kunde vara ett bättre val. Kanske var det fel att leta på kontoret. Vem skötte fjärren till teven?

Att de enbart var där för att finna Rutger Landströms fingeravtryck hindrade inte Stig Alm från att på måfå plocka bland pärmar och mappar. Innan Rost var klar med skrivbordslådorna fann Alm något som fick honom att glömma fingeravtrycken. En gul plastpärm var märkt *Saltsjöbadens Sportskytteklubb*. Den var fylld med dokument sorterade i ett register. Mer än hälften fanns under fliken tävlingsresultat. Landström hade varit en flitig pistolskytt. Längst bak satt dokumentet han sökte. Landström hade licens för en Walter P22 med ljuddämpare. En halvautomatisk pistol kaliber .22, samma kaliber som hade dödat Sigurd och Vera Strömberg. Var fanns vapnet?

Två trappor ner, i källaren, hade Landström sin privata skjutbana. Elinor visade vägen till en trettio meter lång korridor med ett kulfång i den bortre änden. Vid skjutstationen fanns det obligatoriska vapenskåpet. Det var olåst och tomt.

Intendent Skarp behövde inte övertalas att sända ut rikslarm. Landström var beväpnad och farlig. Han hade försvunnit i sin gråa Audi, den borde vara lätt att spåra. Det var Rost som tänkte på passet, Knut Rustholms pass måste spärras. Landström kunde mycket väl göra om Rustholms trick, använda affärskollegans pass med utbytt foto.

Rost hade fått med sig tre pennor och plastlinjalen från fingeravtryckssöket. Alm hittade tre pistolkulor kaliber .22 i kulfånget. Det tog endast ett par timmar att få bekräftat att de hade avlossats med samma vapen som dödade Vera Strömberg. Kulan som dödade Sigurd Strömberg var för skadad för att kunna jämföras. Att fingeravtryck på linjalen matchade avtryck på Kerstin Larsons anställningskontrakt och på sedlarna från uthyrningen av Lundgrens lägenhet var ingen överraskning.

Med Landström efterlyst men utom räckhåll kunde de ägna sig åt Knut Rustholm, häktad för att ha försökt lämna landet med ett falskt pass och försök till olovlig valutautförsel. Det falska passet och valutasmugglingen var två saker som minst intresserade Stig Alm när han slog sig ner mitt emot Rustholm och hans biträde advokat Sten Ranung. Med den inledande proceduren avklarad levererade han sin första fråga.

"Vad för slags affärer har du tillsammans med Rutger Landström?"

"Ingenting egentligen. Det händer att han tipsar mig om någon som behöver firmans hjälp med larmsystem, säkra lås och sådant. Men det kan inte kallas affärer."

"Det var ditt företag som installerade säkerhetslås hos Strömbergs. Landström använde en extranyckel för att ta sig in i lägenheten. Hur kom han över den?"

Advokat Ranung höll upp en hand som stopptecken.

"Det där svarar inte min klient på. Dessutom, varifrån kommer uppgiften att Landström har släppt in sig i Strömbergs lägenhet?"

Nu var det Alm som inte svarade. Än så länge var det bara ett antagande. Landström hade hyrt lägenheten mitt emot Strömberg, han kunde mycket väl ha fått en nyckel till Strömbergs lägenhet från Rustholm, men att han själv hade tagit sig in till Strömberg var inte bevisat. Någon annan kunde ha mördat paret Strömberg med hans Walter P22.

Alm fortsatte den inslagna vägen, målade upp bilder för Rustholm, bilder som skulle få honom villig att berätta vad han visste om Landström.

"Din advokat har rätt. Det är inte helt säkert att det var Landström som tog sig in till Strömberg och sköt dem till döds. Men det var någon som hade en nyckel till lägenheten. Det kan ha varit du själv."

Rustholm ryggade bakåt, utfrågningen hade tagit en obehaglig vändning. Advokaten satt tyst. Det hade inte varit ett påstående, endast en spekulation, en lössläppt tanke.

"Även om det inte var du själv som sköt dem var nyckeln ett vapen lika mycket som pistolen. Men du visste kanske inte varför Landström behövde den? Du visste inte att paret Strömberg skulle dö."

"Vilda spekulationer", kommenterade advokat Ranung. "Min klient är häktad för att ha använt ett falskt pass och för försök till valutautförsel utan att ha anmält i förväg. Nyckeln som användes i Södertälje är helt irrelevant."

"Det är min sak att avgöra vad som är relevant" svarade Alm med eftertryck. "Jag ser en koppling mellan morden på paret Strömberg och din klients försök att hastigt och omärkligt lämna landet. Där har nyckeln till låset som din klient installerade hos Strömberg en avgörande betydelse. Det var den nyckeln som gav mördaren tillträde till lägenheten."

Advokaten visste att det var lönlöst att protestera. Stig Alm hade rätt. Det var han och ingen annan som avgjorde vilka frågor som skulle ställas. Det enda som Ranung själv kunde göra var att begära en paus för att överlägga med sin klient. Han var mycket nära en sådan begäran nu när förhöret hade tagit en vändning som de inte hade förberett. Rustholm hade hittills inte bemött någon av Alms insinuationer. Bengt Rost, som tyst hade iakttagit utspelen från Alm, undrade om det skulle komma fler nyheter. Han fick omedelbart besked.

"Det var väl inte meningen att Rita Fransson, som du och Landström gemensamt förde bort från hennes vårdboende, skulle bli kvar i Grums? Vad hade ni för planer med henne?"

Det blev tyst efter Alms fråga. Rustholm hade blicken stadigt fäst vid bordsskivan. Han skulle inte svara, det fick hans advokat göra. Efter en halv minuts tystnad var det Stig Alms röst som återigen hördes.

"Jag förstår att du tvekar. Hur det än var kan det vara till din fördel att berätta sanningen. Jag ser att du själv har haft en mindre del av ansvaret, kanske inte riktigt insåg vad som var på gång. Det är Landström som ser ut att ha mest skuld. Om någon ska sona morden med livstid är det Landström. Din inblandning var kanske inte så viktig, det kan vara bra för dig att lägga korten på bordet."

Rost märkte en omsvängning hos Rustholm. Han höjde blicken från bordskivan och såg, eller snarare kisade, mot Stig Alm. Det var det första tillfället under förhöret som han verkade ta till sig av det han hörde. Väntade han på ett löfte om att slippa vidare inlåsning? Det var i stället advokat Ranung som bröt tystnaden.

"Det ser ut som ett erbjudande om strafflindring. Det är något som jag måste diskutera med min klient. Vi bryter för dagen och kan fortsätta i morgon om det passar herrarna."

***

Det gick snabbt nu. Bankir och Stormäster Evert Rosenholm hade föredragit ett lugnare tempo med mer tid för planering. Broder Landström behövde ett säkert ställe där han kunde förbereda sig. Hans taxirörelse och försäljningen av företagsskydd hade gett goda tillskott till Ordens ekonomi. Det var sådant som belönades. Vid höstdagjämningen skulle han upphöjas till Storbroder och framlägga sitt första offer till Instiftaren. Var Landström tillräckligt hängiven? Tvekan vid det avgörande momentet accepterades inte. En skarp kniv och stadig hand var det som krävdes. Den som fumlar, orsakar objektet onödigt lidande, är inte värdig att upphöjas. Sådant tolererades inte. De Heliga Två Korsen är en Kristen Orden, inte en samling barbarer.

Knut Rustholm hade också varit nyttig, inte som Broder, han hade inte den läggningen, men som Förmedlare. Under sin tid som polis hade han haft kontakter. Han hade vetat vem som kunde värvas för uppdrag, vem som var i desperat behov av pengar.

Nu var han häktad för sitt försök att fly landet med ett falskt pass och odeklarerade kontanter. Skulle han klara pressen? Sedan Strömberg hade undanröjts var han den enda utomstående som kände till länken mellan Orden och Agenten. Han hade värvat Agenten till uppdraget. Det hade han skött klanderfritt, men han hade misslyckats med att återföra vapnet till Orden. Sigurd Strömberg hade varit snabbare och lagt beslag på revolvern.

Rustholm var inte lägre en tillgång, enbart en risk. Det var inget som Stormäster kunde lämna utan åtgärd.

***

Det var Bengt Rost som ringde Kerstin Larsson och meddelade nyheterna.

"Din arbetsgivare är på rymmen!"

Kerstin fick en sammanfattning av vad de hade lärt om Landström. Det var inte enbart beskyddarverksamhet, han tvättade dessutom svarta pengar i sitt taxibolag. Nu hade hans inblandning i morden på paret Strömberg fått honom att rymma.

Kerstin blev inte speciellt överraskad. Hon hade endast träffat Rutger Landström ett par gånger i Stockholm, men det var tillräckligt.

Ytligt var han en ordinär företagsledare men hon hade dessutom sett något annat hos honom. Vid deras första kontakt hade hon övertygat honom om att hon inte var noga med etik och moral. Det hade ändrat hans uppfattning om henne. Först hade han uppfattat henne som en excentrisk halvhippie, sen hade han blivit intresserad och erbjudit henne provanställning. Skyddet som han tvingade på småföretagare var inte mer än en svindyr försäkring. Att han dessutom tvättade svarta pengar genom sitt taxibolag gjorde honom inte mindre trolig som mördare.

"Fan vad jag önskar jag fick vara med. Kan du inte tipsa Alm om att jag gärna ställer upp?" vädjade Kerstin.

"Jag ska nämna det", svarade Rost som trivdes bäst med Kerstin på hundra mils avstånd.

"Men du kanske kan göra något där du är. Skulle inte du själv kunna ta ett samtal med Lusen när han har kvicknat till? Det verkar som om han vet en hel del. Han kanske hellre berättar för dig. Du är ju kvinna."

"Menar du att jag ska charma honom, dyka upp på kliniken med urringning och höga klackar? Du borde anmälas!"

Rost blev inte överraskad av Kerstins utspel. Det var så typiskt för henne. Genast när hon fick chansen valde hon att missförstå.

"Nej, det menar jag inte. Men jag är säker på att Stig skulle uppskatta din hjälp."

Det var listigt. Kerstin skulle göra nästan vad som helst för att få Stig Alms uppskattning. Bengt Rost kände till några av hennes svaga sidor.

"Jag ska se vad jag kan göra. Var det något mer?"

Det hade det nog varit men Rost fann det för gott att låta den saken bero. Att få Kerstin med på att besöka Lusen var framgång nog.

Sekunderna efter att Rost hade avslutat samtalet med en önskan om framgång ringde telefonen. Vad ville hon nu? Han snäste när han svarade:

"Var det något som du glömde?"

Men rösten som svarade honom var långt ifrån Kerstin Larssons vassa sopran, det var en baryton med bukstöd:

"Inte vad jag vet. Jag ville bara tala om att det kanske dröjer innan du får dina körningar. I dag var allt inställt men om ett par dagar ska det rulla som vanligt."

Det var Bobby, den hjälpsamma taxiföraren som skulle fixa körningar åt honom.

"Hej Bobby. Förlåt mitt utbrott, jag trodde det var någon annan. Vad har hänt?"

Rost lät överraskad, men med chefen på rymmen var det kanske inte konstigt att verksamheten tog en paus.

"Jag vet inte riktigt. Garaget var stängt i dag. Det fanns bara en lapp på dörren som sa att vi tar paus till torsdag."

Rost var frestad att avslöja vad han visste om Landström men hejdade sig i sista ögonblicket. För Bobby och de andra chaufförerna var han bara någon som hade ärvt pengar och funderade på att köra taxi. Det var nog bäst att det förblev så.

"Det är väl inget att göra då? Hör du av dig när du vet något mer?"

Det lovade Bobby och Rost hade ordnat en insider hos Landström som informerade polisen utan att själv veta om det.

Kapitel 18

Onsdag morgon halv sju kallades ambulansen till Kronobergshäktet. En intagen, en Knut Rustholm, hade hittats livlös i sin cell. En halvtimme senare var han dödförklarad av en läkare på S:t Görans sjukhus. Bengt Rost fick nyheten från Alm direkt när han anlände till NOA. Han skulle ha rapporterat gårdagens samtal med Kerstin och Bobby. Nu fick han annat att tänka på.

"Men han var väl inte sjuk eller så? Eller var det självmord?"

Det var för tidigt att säga, men sjukvårdaren som kom med ambulansen hade sniffat ett par gånger vid Rustholms ansikte och sedan viskat *bittermandel* till sin medhjälpare. Det tog en timme innan patologen på S:t Göran kom till samma slutsats: cyanidförgiftning.

"Men hur kan han ha fått i sig cyanid?"

Det hade Stig Alm också frågat.

"Kanske har han tagit ett självmordspiller som innehåller cyankalium. Läkaren på S:t Göran sa att det var troligast."

Det lät väl drastiskt för Rost. Varför skulle Knut Rustholm välja döden framför ett straff? Han måste ha vetat att det som mest kunde bli ett halvår på en öppen anstalt för falskt pass och försök till valutautförsel. Hans eventuella medverkan vid mordet på paret Strömberg var inte mer än en vag misstanke även om Alm hade gått hårt fram med den biten.

"Vad säger Skarp? frågade Rost. "Har du talat med honom?"

"Han var den första som fick beskedet. Han ringde hem till mig och undrade om vi hade pressat Rustholm för hårt."

Det hade låtit som om intendenten ville lägga skulden för Rustholms död på sin kriminalinspektör. Alm hade frågat om intendenten trodde att han, Alm, hade försett Rustholm med giftet men så långt ville Skarp inte gå.

"Kan han själv ha haft med sig giftet till häktet?" hade intendenten undrat.

Det trodde inte Alm. I så fall måste han ha haft det med sig redan när han greps på Arlanda. Varför skulle han ha haft det? Han rymde inte för att ta livet av sig. Då hade han inte behövt smuggla miljoner i resväskan.

"Någon på häktet har försett honom", hade intendenten föreslagit.

Alm hade hållit med, men det fanns ytterligare en möjlighet: "Glöm inte hans biträde, advokat Ranung."

Den anmärkningen hade gjort intendenten riktigt upprörd.

"Advokater tar inte livet av sina klienter, de hjälper dem. Ta i stället reda på vilka andra som träffade Rustholm under tiden han satt på häktet, framför allt om han hade något besök utifrån."

Det blir dagens uppgift, förklarade Stig Alm för Bengt Rost.

"Vi ska ta reda på vilka på häktet som har haft kontakt med Rustholm. Besökare utifrån kan du glömma. Han fick inte ta emot besök."

Rustholm hade vart inlåst under fem dygn. Tjugotvå personer hade under tiden tjänstgjort på avdelningen där han hade hållits förvarad: häkteschefen, tio väktare och elva av övrig personal. Maten hade levererats utifrån. Giftet hade kunnat föras in den vägen, men bara av någon som visste att maten var till Rustholm och ingen annan.

Hade han någon specialkost som han var ensam om? Det blev Rosts uppgift att kontrollera matrekvisitionerna under tiden som Alm inspekterade Rustholms cell och talade med personalen som var närvarande.

Rost klarade av sitt uppdrag på trekvart. Rustholm hade serverats samma mat som flertalet häktade. Det hade inte funnits någon möjlighet att den vägen förse just honom med ett gift från köket. Vem som helst hade kunnat få det, vem som helst hade kunnat dö. På väg till Rustholms cell slog det Rost att det kanske var det som var meningen. Det var inte Rustholm som var det avsedda offret, det kunde ha varit lika bra med vem som helst av de häktade. Dessutom, cyankalium är snabbverkande och Rustholm skulle ha avlidit under måltiden om giftet hade funnits i maten. Rustholm måste ha fått i sig det på något annat sätt.

När Rost kom till Rustholms cell hade Alm redan talat med tre ur personalen som hade haft kontakt med Rustholm under gårdagen. Det enda som hade hänt utöver fasta rutiner var att Rustholm hade haft besök av sin advokat på kvällen. Sedan Rost hade redogjort för besöket i köket var de överens. Det fanns bara en möjlighet, någon som hade häktet som sin arbetsplats hade försett Rustholm med cyankalium. Advokat Ranung var definitivt en av de misstänkta.

Alm tömde ut innehållet i papperskorgen på sängen. Det var inte mycket att se, en motortidning med klassiska bilar, några begagnade pappersnäsdukar, apelsinskal och omslagspapperet från en tvål. Apelsinskalen fångade Rosts uppmärksamhet. Han sniffade med tvekan på dem. Kunde det vara farligt? Fanns det en risk att han fick i sig av giftet? Ingenting hände och inte kände han heller lukten av något annat än apelsin.

Alm hade betraktat sin assistents analysmetod med lätt förundran innan han gick vidare. Motortidningen verkade ointressant (Alm var ingen beundrare av femtiotalsklassiker) men för säkerhets skull bläddrade han framåt en bit. Rustholm kunde ha gjort en anteckning, kanske använt den för ett självmordsbrev. Något sådant hittade han inte men när han kom till mittuppslaget låg där något som glimmade i ljuset. En bit stanniol med blå text, obetydligt större än hans tumnagel. "Moga" läste han och därunder med mindre stil "Nitra".

"Vad tror du om det här?"

Svaret kom direkt: "Det är blistret från en läkemedelsförpackning där tabletterna ligger en och en. Den har innehållit Mogadon, en sömntablett."

"Hur kan du veta…?"

"De är populära bland missbrukare", svarade Rost. "Jag har beslagtagit och räknat hundratals."

Det var sådant som Stig Alm inte behövde ägna sig åt.

"Du nämnde missbrukare, används de inom kriminalvården också?"

Det tog Rost två minuter att hitta en väktare som kunde svara.

"Nej, Mogadon användes inte på häktet."

Efter fyndet av stanniolbiten hade Stig Alm lämnat motortidningen till Rost som gärna läste om klassiska bilar. När han var nära sista sidan såg han korsordet. Det var fyllt till hälften med blyertspenna, men det var något som inte stämde.

"Alm, se här!"

Den som hade plitat i rutorna hade inte gjort det med hjälp av ledfrågorna. Där fanns bokstäver och siffror.

"Märkligt! De ser ut som datum, nummer för månad och dag men inget årtal."

Rost såg vad Alm menade. Först ett nummer mellan 10 och 28, sedan, efter ett snedstreck, ett nytt nummer mellan 2 och 10. Det var fyra anteckningar, alla inleddes med två bokstäver.

"Anteckna, vi tittar på det senare."

Det blev OP 28/2, CC 10/6, LZ 17/10, GL 12/7.

Rost granskade resultatet. "Det ser ut som födelsedagar. Han ville kanske inte glömma att gratulera?"

"Kanske", svarade Alm. "Men varför skrev han det i ett korsord? Lite underligt är det. Handstilen kommer nog att visa om det var Rustholm som antecknade."

Innan de lämnade cellen hittade Rost resten av blistret i sängkläderna. De förklarade fortfarande inte hur Rustholm hade kommit över sömnmedlet, hur han fått tillgång till cyankalium om det var självmord, eller hur någon hade lyckts få honom att ta giftet om det var mord. Tidningen och delarna från blistret fick följa med i bevispåsar. Apelsinskalen återbördades till papperskorgen.

***

Det hade inte vart svårt för broder Ranung att övertyga Rustholm om att han behövde en extra sömntablett. Det var viktigt att han var utvilad till morgondagens förhör. Att han var klar i huvudet och inte av misstag sa eller gjorde något som förvärrade situationen för honom. Att han sedan fick mer sömn än vad han hade väntat sig var helt i sin ordning. Broder Ranung kunde man lita på. Stormäster hällde upp ett halvt glas vatten och tryckte fram en Mogadon ur förpackningen, betraktade den vita tabletten, tvekade ett ögonblick innan han lade den på tungan och sköljde ner med vattnet.

***

Kerstin Larsson talade först med skötaren Frans Sunesson och sedan med doktor Heinz.

"Jag ringer på uppdrag av kriminalkommissarie Erik Andersson. Han undrar om jag kan få komma till kliniken och tala med Sigvard Lind."

Det var bäst att det verkade som om det var Anderssons idé att hon skulle höra Lusen. Han hade inte alls gillat att släppa iväg henne till Dagökliniken. Det hade krävts övertalning, till slut hade hon nämnt risken att kriminalinspektör Stig Alm skulle komma till Umeå om de inte kunde hjälpa honom.

Doktor Heinz var också tveksam. De gånger som han hade haft att göra med Erik Andersson var mer än nog och Kerstin Larsson visste han inte mycket om. Han ville veta anledningen, varför tala med Sigvard? Var han misstänkt för något mer än det han hade blivit dömd för?

"Det är klart att han inte är misstänkt om han inte har haft permission men det verkar som om han känner till något som kan klara upp polismordet i Södertälje."

Det där med *permission* var inte bra. Det var en onödig påminnelse om villkoren för de intagna. Kerstin hade menat det som ett skämt, men det hade inte fungerat. Doktor Heinz var nära att avsluta samtalet när Frans Sunesson, som hade lyssnat vid sidan av, uppmärksammade honom på att Lusen kanske kunde må bra av att få tala med någon utifrån. Han hade verkat deprimerad en tid, ett nytt ansikte på kliniken kanske kunde liva upp honom.

"Frans talar för din sak. Du kan komma vid tio i morgon men du får inte träffa Sigvard ensam. Frans kommer att vara med hela tiden."

Kapitel 19

När Kerstin Larsson parkerade utanför kliniken hade klockan passerat tio med fem minuter. Att hon var väntad betydde inte att hon blev insläppt utan kontroll och legitimation. En äldre man letade igenom hennes axelremsväska.

"Jag måste kontrollera att du inte har med dig något som kan användas som vapen."

"Ett vapen hade jag nog gömt på ett mer privat ställe."

Uppskattade han kommentaren? Omöjligt att säga. Han var kanske för gammal för att associera till något intimt. Det var ändå bra att hon hade lämnat pistolen i Umeå.

Minuten senare tog Frans Sunesson med henne för att träffa Lusen. Han hade redan, med hennes fulla gillande, letat på de privata ställena. De var inte officiellt ett par men det pratades en del, mest när Frans inte var med. När de var ensamma i korridoren gav han Kerstin en vänlig klapp där bak. Mer än så fanns det varken tid eller plats för.

De fann Lusen sittande på sängkanten, fortfarande iförd pyjamas och morgonrock. Frans hade lämnat honom lika oklädd en halvtimme tidigare och bett honom att göra sig presentabel.

"Du minns väl att du skulle få besök i dag? Det här är Kerstin som ville prata med dig."

Lusen verkade aningen generad. Frans hade sagt att en dam som var anställd av kommunen och sysslade med ordningsfrågor ville träffa honom. Han hade väntat sig en lätt överviktig kvinna jämnårig med honom själv. Det stämde inte alls med vad han såg. Besökaren var smärt, såg bra ut och hade knappast hunnit fylla trettio.

"Jag kanske skulle klä mig lite bättre?"

"Det duger bra som det är", försäkrade Kerstin. "Jag vill bara prata med dig. Höra lite om hur du har det."

"Då kan ni slå er ner", avgjorde Lusen.

Kerstin var på plats för att ta reda på hur Lusen kunde veta något om mordet på paret Strömberg och vad det var för revolver han hade talat om. Men att genast komma med sådana frågor var nog att gå för snabbt fram. Hon fångade Lusens blick innan hon inledde:

"Frans har sagt att du brukar berätta för honom om hur det var förr i tiden, innan du kom till Dagö. Det var väl ganska länge sedan?"

"Det var länge sedan men jag kommer ihåg."

Lusen var snabbt igång. Kerstin fick höra historierna om bra affärer och dåliga affärer. Vad som köptes och såldes var inte alldeles klart. Lusen hade blivit lurad av en kumpan (*affärskollega* enligt Lusen). Lusen hade sålt på kredit men inte fått betalt och sedan inte kunnat betala sina egna leverantörer. Skulderna hade ständigt vuxit, han hade avbetalat skulden med lån så länge som möjligt. Till slut hade han tvingats ta uppdrag, agerat torped och skuldindrivare åt dem som han var skyldig.

Frans hade haft rätt. Lusen berättade på, verkade stimulerad av att ha fått en ny lyssnare. Att han hade blivit lurad och skyldig pengar var nytt för Frans. Det var först efter att han nämnt hur han hade tvingats misshandla sin tidigare affärskollega som han hejdade sig.

"Du kanske inte vill höra sådana saker? Det är nog inget som passar kvinnoöron."

"Det är ingen fara, sådant är ren underhållning nuförtiden", svarade Kerstin. "Men hur fick du dina uppdrag? Behövde du annonsera?"

"Nej, det behövdes inga annonser. De flesta uppdragen fick jag av sådana som jag var skyldig pengar. De fungerade som avbetalning."

Nu var det dags att styra samtalet, att lirka ur Lusen vad han visste om morden i Södertälje. Sådär helt apropå.

"Förresten hörde jag att du undrade om en revolver. Vad var det för något?"

Lusen tystnade, det var inte bra. Han tänkte över svaret, det skulle inte bli spontant.

"Hade det något att göra med dina uppdrag?" försökte Kerstin.

"Det var en revolver som jag fick till ett uppdrag. Den skulle lämnas tillbaka efteråt men Strömberg hittade den hemma hos mig och tog den."

"Det måste ha varit länge sedan. Skulle Strömberg ha behållit revolvern ända till nu?"

"Den var värdefull. Alla har letat efter den."

"Menar du att det var dyr?"

Det trodde inte Kerstin, men det var bäst att inte verka alltför smart.

"Nej, inte värdefull på det viset, men som bevis."

"Då måste du ha använt den. Blev någon skadad eller dödad?"

Längre kom hon inte med Lusen. Han var inte villig att säga mer. Han återvände till anekdoter om andras misslyckanden och egna framgångar, sådant som Frans redan hade hört och som Kerstin hade hört från Frans. Där befann han sig på säker mark. Ingen hade dödats och allt var sedan länge preskriberat.

Under återfärden till Umeå undrade Kerstin om det hade varit värt besväret att ta sig till Dagö. Även om hon inte hade fått veta något som skulle hjälpa Stig Alm med morden i Södertälje hade besöket på kliniken varit intressant. Lusens utseende stämde väl med hans ålder. Anstaltslivet såg inte ut att ha skadat hälsan. Tvärtom, om han hade fortsatt att leva som han gjorde innan han hamnade på Dagö hade han nog inte hängt med till femtio. Lite klumpig var han när han rörde sig, det hade hon lagt märke till. Det var det som hade gett honom öknamnet.

Det var först när hon ringde till Stig Alm för att rapportera det klena resultatet som hon förstod att turen till Dagö inte hade varit bortkastad tid.

"Sa han verkligen att revolvern var värdefull som bevis?" hade Alm frågat.

"Absolut, han rättade mig när jag trodde att det kanske var en dyr modell. Det var det inte, det var bevisvärdet som var högt."

"Då måste han ha använt revolvern, avlossat skott med den. Dessutom måste det handla om ett ouppklarat brott från tiden innan han blev dömd och patient på Dagö, alltså senast någon gång under första halvåret 1988. Det har gått tjugosju år sedan dess och allt utom mord är preskriberat."

Näst i tur att rapportera till var kriminalkommissarie Erik Andersson. Kerstin var ivrig, kände hjärtat banka när hon berättade.

"Sa han verkligen att han hade mördat någon med revolvern?" frågade Andersson.

"Nej inte direkt, men det är lätt att räkna ut."

***

Den första framgången i sökandet efter Rutger Landström rapporterades på torsdagsförmiddagen strax före tio. Audin som han hade försvunnit med fanns i ett parkeringshus centralt i Uppsala. Den hade stått där sedan två dygn, banden från övervakningskamerorna hade hämtats till NOA och spelades upp med Stig Alm och Bengt Rost som ivriga granskare. Alm stoppade bandet från kameran vid infarten, kisade mot bildskärmen, men det hjälpte inte. Bilen som var på väg in var utan tvekan den som Landström använde, registreringsnumret syntes tydligt, men förarens ansikte var dold bakom solskyddet. Varken han eller Rost kunde avgöra om det var Rutger Landström eller någon annan som körde. Allt de kunde se var att föraren var ensam framtill i bilen.

"Det var nog Landström, men helt säkra kan vi inte vara. Vi byter till bandet från utgången för gående."

Rost följde inspektörens uppmaning, stoppade i nästa kassett och spolade fram till samma minut som Landströms bil hade anlänt. Sedan såg de 12 män och tre kvinnor lämna parkeringshuset till fots under den följande halvtimmen. Ingen av dem var Rutger Landström.

"Tror du att han sitter kvar i bilen?"

Det trodde inte Bengt Rost.

"Han kan ha stämt träff med någon i garaget och fortsatt i en annan bil."

Det skulle i så fall vara en bil som lämnade strax efter att Landström hade anlänt. Videospelaren laddades med en ny kassett, det från kameran vid utfarten.

Två minuter efter att Landströms bil hade anlänt lämnade den första bilen garaget, en ljusgrå Passat. Under nästa fem minuter såg de ytterligare två bilar ge sig av, först en äldre Opel, sedan en Toyota. Den sista fick nackhåret att resa sig hos Bengt Rost. Den hade en taxiskylt på taket och föraren var lätt att känna igen.

"Det är Bobby som kör, chauffören som vi träffade i lördags!"

Alm lutade sig fram för att se bättre. Det var tomt i högerstolen. "Då sitter Landström i baksätet. Hur får vi tag i Bobby?"

Det var inget problem. Rost hade hans mobilnummer. Det verkade som en evighet innan han fick svar. Bobby var fortfarande ledig, körningarna var inställda till nästa måndag.

"Var någonstans är du? Jag behöver träffa dig om en sak."

Det var slut med att låtsas vara en arvtagare med planer på att bli taxiägare. Sanningen måste avslöjas, men först när de hade Bobby inom grepphåll. Han satt inne med viktig information, han kände till nästa anhalt i Landströms flykt. De kunde inte ta risken att han försvann med vad han visste.

"Okey, samma taxifik som senast om en timme."

"Jag förklarar när vi träffas."

Bobby hade hunnit beställa en landgång åt sig själv när de anlände. Rost tog plats vid hans sida, vid sidan som var vänd mot utgången. Om Bobby skulle komma på tanken att hastigt lämna lokalen skulle han bli tvungen att runda Rost. Alm tog plats mitt emot Bobby, det var han som förklarade situationen.

"Vi har inte varit alldeles uppriktiga mot dig. Bengt har inte ärvt någon förmögenhet, men han önskar säkert att han hade haft det. Han är inte på väg att skaffa sig en taxibil."

Bobby, med munnen full av landgång, slutade tugga. Han hade nog velat fråga något genast men måste svälja innan det var möjligt. Alm fortsatte utan att vänta på frågan.

"Det var inte heller sant att jag är Bengts granne, men vi arbetar tillsammans. Sanningen är att vi båda två är poliser vid Nationella operativa avdelningen."

Äntligen lyckades Bobby svälja det som hade samlat sig i munnen, sköljde efter med öl innan han drog in luft och vände sig mot Rost.

"Vadå, ska jag inte fixa körningar åt dig?"

"Nej, du hörde vad Stig sa, jag har redan ett jobb. När vi träffades första gången var det arbete från min sida. Det måste bli så ibland. Det kan vara enda sättet att ta reda på saker som är viktiga."

Bobby tog det lugnare än vad Stig Alm hade befarat. Kanske var det miljön. Han var känd och ville inte ställa till en scen. Han ville inte låta någon annan veta att han satt och talade med två snutar. Han kunde få dåligt rykte, bli betraktad som opålitlig.

"Varför ville ni träffa mig?"

Alm tog över:

"Rutger Landström, din arbetsgivare, har gett sig av. Du hjälpte honom faktiskt i tisdags när du plockade upp honom i parkeringshuset i Uppsala. Jag vill veta vart du körde honom. Jag vill veta allt som du vet om Rutger Landström. Men inte här, det är bättre att vi tar det samtalet på NOA."

Efter landgångar till Alm och Rost återvände de till polisstationen med Rost bakom ratten, Bobby och Alm i baksätet. Bobby suckade högljutt andra gången Rost fick in fyran i stället för tvåan. Att Rost var polis hade varit snopet, men det var nog lika bra att det var så. Någon vidare chaufför hade det inte blivit av honom.

På fiket hade det till slut blivit riktigt mysigt. Bengt Rost såg och märkte hur Alm agerade för att skapa en avslappnad stämning. Sådant var han bra på, där var han kommissarie Erik Anderssons rena motsats. Andersson försökte klämma fram sanningen, Alm fick den genom att lirka.

Känslan av gemytlighet rann delvis bort när de tog plats i förhörsrummet. Alm blev mer formell, bad Bobby att tala in fullständigt namn och adress, förklarade att han inte var misstänkt för något, endast hördes upplysningsvis. Det var en rutin för Alm men nytt och obehagligt för Bobby. Han hade gjort många fejkade körningar, skrivit ut kvitton för ingenting, gjort allt som han hade blivit tillsagd att göra fast det verkade konstigt. Alm började med att fråga om hur det kom sig att han hade hämtat Landström i Uppsala.

"Han, Landström, ringde till min mobil och beställde körningen. Egentligen var alla körningar inställda men han hade ordnat så att jag kunde hämta en bil i garaget. Jag skulle plocka upp honom i Uppsala. Han sa att det skulle bli en lång körning men ville inte berätta vart i förväg. Jag hade väntat i tio minuter innan han dök upp. Sedan visade han vägen."

"Du visste inte vart ni var på väg då?" frågade Alm.

"Nej, men jag körde E-fyran mot norr, förbi Gävle och Söderhamn innan vi tog av på väg 50 mot Bollnäs."

"Fortsatte du hela vägen till Bollnäs?"

"Inte riktigt. Vi vände tillbaka på en mindre väg och stannade vid en gård. Där klev han ut, tog sin väska och skickade tillbaka mig."

"Vet du vad platsen heter?"

Bobby skakade på huvudet. "Nej, jag såg inte någon skylt. Tänkte inte på det. Landström visade vägen och han verkade hitta."

"Skulle du hitta tillbaka?"

"Säkert, jag har ju körsträckan också. Det blev bra betalt till mig."

Alm fortsatte:

"Sa Landström varför han åkte?"

Det var något slags affärsmöte, det var allt som Landström hade sagt. Han skulle ringa när han ville bli hämtad. Mer kunde Bobby inte berätta. Han visste inte mycket mer om Landström heller. De hade träffats efter att en annan taxiförare hade frågat om han var intresserad av körningar och han hade lämnat sina personuppgifter. Han hade fått ett anställningskontrakt av Landström. Sedan hade han aldrig sett honom, endast den som lämnade ut bilarna och tog emot redovisningen från körningar, fejkade och riktiga.

"Jag hoppas att du inte har något emot att göra om turen mot Bollnäs i morgon" sa Alm. "Vi ger oss av härifrån vid nio, då borde vi vara tillbaka vid fyratiden om vi inte blir fördröjda."

Bobby gjorde inga invändningar. Hade inte hans egna körningar varit inställda hade han själv kört dem och skrivit ut ett kvitto på några tusen.

***

Broder Landström hade anlänt till Offerkyrkan på tisdag eftermiddag. Han hade varit stressad, skärrad av att med nöd och näppe ha klarat sig från att ännu en gång gripas av polisen. Nu behövde han främst av allt lugn och ro fram till sin upphöjning till Storbroder. Om en knapp vecka var det höstdagjämning, dagen och natten var lika långa, det rådde perfekt balans mellan ljus och mörker, mellan liv och död. Det var rätt tid på året att offra till Ordens Instiftare, död på korset och uppstigen till Paradiset för tvåtusen år sedan.

Nu var Offerkyrkan iordningställd och objekten var tillgängliga. Bröder skulle anlända, det skulle bli angenäm samvaro och kära återseenden. Det skulle berättas historier om tidigare års ritualer, om offer som hade gjorts med bravur, om Bröder som i det avgörande ögonblicket hade sviktat, som hade tvingat Stormäster att ta över och avsluta ritualen.

Hur skulle Broder Landström klara sig? Stormäster var inte säker, han hade sett tvekan i Landströms ögon. Det fanns fortfarande en möjlighet för honom att avstå från upphöjningen och förbli en aktad Broder. Men då måste han dra sig ur innan han hade blivit upplyst, innan Stormäster hade låtit honom ta del av hemligheterna som följde med upphöjningen till Storbroder. Att misslyckas vid altaret efter att ha blivit upplyst var fatalt. Ingen som hade mottagit upplysningen levde vidare efter ett misslyckande vid altaret.

Kapitel 20

Fredag morgon fem minuter före nio anlände Bobby till NOA. En dryg halvtimme senare hade de hunnit halvvägs till Uppsala med Bengt Rost som chaufför. Bobby satt ensam i baksätet. De åkte i en automatväxlad Volvo, något som gladde Bobby som slapp höra Rost misshandla växellådan.

"Vi gör en avstickare till parkeringshuset där Landström lämnade sin bil. Bobby får visa vägen."

Det hade inte varit Alms plan från början, det skulle sinka dem en halvtimme, men han hade ändrat sig. Han ville se var Bobby hade hämtat Landström. Det var en viktig princip att själv ha sett platsen där något hade hänt. Det belönades ibland med upptäckter som ledde utredningen i rätt riktning. Stig Alm var noga med sådana saker.

Det var först när de till fots hade tagit sig in i garaget som det kom fram att Bobby inte visste var Landströms bil hade varit parkerad. Han hade, som uppgjort, väntat på Landström nära utfarten. Alm blev tvungen att ringa NOA och hitta någon som kunde hjälpa honom. Det tog ytterligare tio minuter av deras tid, minuter som inte hjälpte utredningen framåt. En cigarettfimp med filter var allt som Alm plockade upp från golvet där Landströms hade lämnat sin Audi.

"Vet du om Landström röker?" frågade Alm.

Det trodde inte Bobby. "I varje fall inte i bilen när jag körde honom."

Fimpen fick ändå följa med på den fortsatta färden mot Bollnäs.

Efter drygt två timmar åkte de väg 50 med Bobby spanande efter stället där han och Landström hade tagit av mot söder.

"Det är lite knepigt. Landström visade vägen, jag behövde inte tänka på hur jag körde."

Alm hade börjat undra om de hade åkt förgäves när Bobby hojtade från baksätet: "Stopp, vi måste vända! Såg ni det gula huset? Där ska vi ta av."

Tio minuter senare meddelade han: "Här är det, vi är framme."

De stod mitt emot ett ljusblått hus med brutet sadeltak. Det kunde vara en mangårdsbyggnad till ett jordbruk.

"Såg du Landström gå in där?" frågade Alm.

"Nej, han stod kvar vid vägkanten när jag hade vänt och körde tillbaka."

"Då får vi knacka på och fråga om någon såg var han tog vägen."

Bobby väntade i bilen under tiden som Alm och Rost gick fram till det som såg ut att vara huvudingången. En kläpp, formad som en hästsko, hängde på dörren. Alm knackade den mot dörrvirket, först försiktigt, sedan med ett par kraftigare slag. Snart knarrade det från det inre som av gistna golvbräder innan dörren öppnades. En medelålders man i blåställ granskade de två besökarna. Alm visade sin legitimation.

"I tisdags vid tretiden släppte en taxi av en man precis här utanför. Jag undrar om någon här såg det, om någon vet var mannen tog vägen."

"*Nie rozumiem szwedzku*", fick han till svar.

Fullständigt obegripligt.

Alm försökte en gång till, nu på engelska. Svaret blev detsamma såvitt han förstod.

Det såg ut som en återvändsgränd till dess Rost kom med ett förslag:

"Vi kan be Bobby försöka."

Alm vinkade till sig Bobby och förklarade situationen.

"Du är nog bättre på språk än jag och Bengt."

Där hade Stig Alm helt rätt. Om inte svenska eller engelska fungerar, vilket europeiskt språk stod näst på tur att testa?

"*Sprechen Sie Deutsch?*"

Tyska behärskade mannen i blåstället tillräckligt för att förklara att husets ägare för tillfället besökte grannvillan etthundra meter bort.

Alla tre hade återvänt till bilen då Alm såg att de inte behövde besöka grannvillan. Husägaren hade märkt att han hade besök och kom gående emot dem. När han var framme tog Alm om från början, visade sin legitimation och ställde sin fråga.

Husägaren, en betydligt äldre man än den som hade öppnat för dem, ruskade på huvudet.

"Nej, jag såg inte när någon klev ur en taxi. Men jag såg en som blev hämtad av en bil alldeles här utanför. Det var nog vid tre eller lite senare."

Rost såg på Alm och förstod att de tänkte likadant. *Landström bytte bil en gång till!*

"Kan du säga vad det var för sorts bil?"

"Nej, alla nya bilar är så lika. Det är omöjligt att skilja dem åt. Det var mycket lättare förr när en Folkvagn såg ut som en Folkvagn och en Volvo som en Volvo."

Det kunde Stig Alm hålla med om. Det var sådant som gjorde polisarbetet svårt nuförtiden.

Under återfärden till Stockholm blev inte mycket sagt. Stig Alm satt med ögonen slutna och tänkte på allt som hade hänt sedan mordet på paret Strömberg. Bobby berättade en historia från taxivärlden utan minsta reaktion från Rost. Det var som en bekräftelse på det han redan hade förstått: *Bengt hade blivit en medioker taxiförare.*

***

Under fredagen hade Rustholm obducerats. Alm och Rost studerade utlåtandet gemensamt.

Den preliminära dödsorsaken bekräftades, död genom cyanid-förgiftning. Det fanns inga tecken på att våld hade föregått döden. Inga hudavskrap eller underhudsblödningar, slemhinnorna i munnen var oskadda. Det fanns inga tecken på allvarlig ohälsa. Små förkalkningar (*plack* läste Rost) fanns i hjärtats kranskärl, levern var lätt förstorad med sparsam inlagring av fett.

"Han kunde ha levt många år till", konstaterade Bengt Rost.

"Han borde ha druckit mindre och rört sig mer", kontrade Stig Alm.

Som det nu var spelade det ingen roll. Kanske hade han förstått att livet kunde få ett hastigt slut. Han hade lierat sig med onda krafter, umgåtts i kretsar där människolivet värderades till nära nog ingenting.

Stig Alm lade ifrån sig utlåtandet och tittade på sin armbandsklocka.

"Om det inte händer något som kräver vår medverkan bryter vi till på måndag."

Kapitel 21

Med endast två dagar kvar till höstdagjämningens offerfest var Stormäster fortfarande osäker på Broder Landström. Dagen innan hade de tillsammans inspekterat objekten, en flicka i treårsålder och två pojkar fyra och fem år gamla. Stormäster hade uppmanat Landström att välja. Vilket objekt föredrog han, vilket av dem ville han lägga på altaret?

Landström hade tagit gott om tid på sig och till slut fastnat för den fyraåriga pojken. Men han hade inte visat några tecken på entusiasm. Stormäster såg inget av den iver och förväntan som han själv hade upplevt femton år tidigare. Det var en utveckling som hade pågått en längre tid. Om den fick fortsätta på samma sätt skulle antalet Storbröder till slut inte räcka till för Ordens behov. Vankelmodet hos många av dagens Bröder var svår att förstå. Stormäster hade mer än gärna själv offrat alla tre.

***

Polisiärt hade helgen varit händelsefattig. Stig Alm hade tagit bilen till Järna. Han hade kört runt på måfå men aktat sig för att komma nära radhuset med exhustrun och döttrarna. Det var inte hans helg, nästa söndag skulle han träffa flickorna om inte arbetet kom i vägen.

Bengt Rost hade tänkt på Umeå, ringt grannen som tog hand om posten och vattnade hans två krukväxter. För första gången sedan flytten upptäckte han att han saknade de självklara rutinerna på den gamla stationen. Det hade funnits ett schema att följa, han hade i stort sett vetat vad dagen och veckan hade i beredskap. Med Alm i Stockholm var det improvisation hela vägen. Det var inte riktigt hans gebit.

Måndag morgon småregnade det men himlen i väster lovade upp-klarnande längre fram. Som vanligt var Stig Alm redan på plats när Bengt Rost gläntade på dörren till hans rum på NOA. Det var inte Rost som var sen, han hade nästan tio minuter till godo. Alm kom gärna före kollegorna för att inleda arbetsdagen utan störningar. Någon gång kunde det slå fel, när en extra man behövdes för ett akut ingripande. Då gick det inte att säga att arbetsdagen börjar först om tjugo minuter. Den här morgonen hade varit lugn ända till Rosts ankomst. Det hade gett honom ostörda minuter att sätta sig in i vad åklagaren hade funnit ut om Knut Rustholm.

När Rustholm greps på Arlanda flygplats hade han haft drygt tre miljoner med sig i väskan. Pengarna hade kommit från Landströms taxibolag. De skulle, enligt vad Rustholms hade uppgett, användas som handpenning vid en fastighetsaffär. Säljaren, ett fastighetsbolag i Singa-pore, hade gett honom tjugofyra timmar. Det fanns en annan köpare beredd om pengarna inte hade anlänt när tidsfristen var ute.

Så långt såg det ut som en nästan trovärdig redogörelse men när det kom till det förfalskade passet hade Rustholm fått problem. Han hade haft det i beredskap för att användas om han blev tvungen att lämna landet inkognito. Säkerhetsbranschen fungerade inte som fruktimport. Där fanns inte enbart civila handlare som skyddade privathem mot inbrott. Där fanns också militära intressen, allt från privatarméer till nationella försvarsmakter. Där fanns spioner och sabotörer, sådana som såg till att alla utom de egna drabbades av problem. Det var nödvändigt att hålla en låg profil, att inte i onödan skylta med sitt namn. Det var anledningen till att han hade använt Landströms pass försett med sitt eget foto. Det kunde användas riskfritt, det var inte anmält som försvunnet, personuppgifterna stämde väl med hans egna.

Det var ett försök till förklaring men inget som skulle ha mildrat påföljden om det hade gått till rättegång. Nu slapp Rustholm skammen att bli dömd för dokumentförfalskning och försök till valutasmuggling. Han förvarades kall och blek på patologen i väntan på svar på proverna som hade tagits vid obduktionen. Var det verkligen bättre än en rättegång? Om det var självvalt, vem hade då försett honom med giftet? Vad ansåg polisassistent Rost?

Frågan överraskade Bengt Rost. Med Landström på rymmen hade han släppt alla tankar på Rustholms död.

"Tänk igenom saken", uppmanade Alm. "Ser det inte mest ut som mord?"

Rost slog sig ner i besöksstolen för att samla tankarna innan han svarade.

"Motivet saknas. Varför skulle någon vilja ta livet av Rustholm? Om han hade ovänner var de väl bara glada att han var häktad och skulle bli åtalad."

Motivfrågan hade Alm redan klarat ut under sina ostörda minuter.

"Han var beredd att förhandla, att ge oss information för att själv komma lindrigare undan. Minns att vi hotade att åtala honom för mord."

Rost såg en hake:

"Men det var ju bara vi som kände till den saken. Vi har inte förgiftat Rustholm."

Där måste Alm ge sin assistent delvis rätt, men inte helt och hållet.

"Det stämmer, vi visste och vi är oskyldiga. Men det finns en till som visste."

"Du menar...?"

"Just det, hans ombud, advokat Sten Ranung."

Det var uteslutet att gå till intendent Skarp och be om lov att få ta in advokat Ranung för förhör. Stig Alm visste redan vilka invändningar han skulle få höra:

Absolut inte! Ranung är en uppskattad medarbetare i en aktad juristfirma! Din fantasi har skenat iväg med förståndet!

Den vägen var oframkomlig, det måste finnas ett annat sätt.

"Bengt, fixa kaffe åt oss. Vi måste tänka!"

Det tog två koppar innan planen började ta form.

"Giftet som dödade Rustholm måste ha kommit med någon utifrån. Ranung kan ha haft det med sig. Det måste ha liknat något som Rustholm kunde förmås att svälja."

"En sömntablett", föreslog Rost.

"Ja, Rustholm kan ha trott att det var en sömntablett och sparat den till dess det var dags att sova. Hur tror du det gick till när Ranung lämnade tabletten till Rustholm? Han kan knappast ha gjort det med handskarna på. Han måste ha hållit med fingrarna i…, vad sa du att det hette det som sömntabletten låg i?"

"Ett blister", svarade Rost.

"Just det, han kan knappast ha haft någon chans att avlägsna sitt fingeravtryck."

"Knappast", bekräftade Rost. "Menar du att vi ska leta efter fingeravtryck på stanniolen och plasten?"

"Egentligen inte, men vi kunde ju få det att se ut som om det finns fingeravtryck."

Rost hade en idé som var bättre:

"DNA hittar man på det mesta som någon har tagit i."

"Du har rätt, DNA är bättre än fingeravtryck."

Vid fyra på eftermiddagen släppte Stig Alm uppgiften att de ville veta vem som hade försett Rustholm med en Mogadon, en sömntablett som inte används på häktet. Om ingen hörde av sig fanns det DNA som kunde analyseras. Budskapet gick med e-post till häktet och till advokat Sten Ranung.

Det första samtalet fick Alm från häktet:

"Här är det ingen som ger de intagna annat än det som ordineras. Det vet vi utan att behöva testa DNA."

Nästa samtal kom från en upprörd Sten Ranung:

"Vad är det för fason att fråga den häktades ombud om vad som har hänt mellan honom och den häktade. Det är konfidentiellt, det måste du känna till. Det är tjänstefel att fråga."

Alm var ytterst hovsam när han förklarade att han hade frågat endast för att om möjligt slippa DNA-testa alla som hade träffat Rustholm på häktet, inklusive advokaten själv. Om advokaten hade gett Rustholm en Mogadon var det ingen stor sak. Om varken häktespersonalen eller advokaten var inblandade måste någon annan, än så länge okänd, ha haft kontakt med Rustholm på häktet. Den saken måste utredas.

Stig Alm kunde nästan höra hur Ranung överlade med sig själv:

Om det går så långt som till DNA-test, om jag blir ombedd att lämna ett prov, kan jag neka eller blir jag tvungen att gå med på provtagningen? Nej, ingen kan tvinga mig, men Stig Alm är listig och skulle säkert hitta ett annat sätt att komma över mitt DNA.

Ranungs besked kom efter en lång tystnad:

"Rustholm fick tabletten av mig. Han sov inte bra på det som häktet gav honom, han behövde något bättre."

Det var det som Alm hade hoppats på. Han hade bara en följdfråga:

"Varifrån kom tabletten?"

Det blev tyst en stund igen.

"Jag har dem hemma. Även advokater kan drabbas av sömnlöshet."

Rost, som hade hört hela konversationen, undrade om det var dags att gripa advokaten.

"Inte än", svarade Alm.

"Blistret ska analyseras först. Vi tar honom så fort som vi får veta att det har spår av cyankalium."

Kapitel 22

Det var dagen före Offerfesten, tre av De Heliga Två Korsens Bröder väntade på sin upphöjning till Storbröder. Från Stormäster hade de mottagit Kunskapen som hörde till upphöjelsen. Han hade undervisat dem om Ordens historia från Instiftarens död på korset till dagens Orden med grenar i Europa, Asien och Amerika. De hade fått höra om affärsverksamheten som drog in nödvändigt kapital. Som Storbröder skulle de själva, var och en inom sitt område, bidra med pengar till Ordens verksamhet. Efter att ha mottagit Kunskapen fanns ingen väg tillbaka. De måste offra till Instiftaren, det var en bekräftelse av deras lojalitet och lydnad.

Nästa natt låg Rutger Landström vaken. Ett halvår tidigare hade han blivit erbjuden upphöjningen till Storbroder. Det hade varit så självklart att tacka ja. Han hade vetat vad som väntade honom, det var ingen hemlighet bland Bröderna att varje steg uppåt i hierarkin innebar prövningar, men då hade det varit ett avlägset problem. Den lust som barnen väckte hos honom var stark. Något sådant hade han aldrig känt för en vuxen kvinna. Samboförhållandet med Elinor var ett resonansparti. Hon var inte intresserad av honom, inte av några män över huvud taget. De passade bra för varandra, var utåt sett ett par och slapp frågor om varför de inte hade en partner, slapp välmenande försök att sammanföra dem med någon.

Livet hade varit bra och okomplicerat innan han hade dragits in i Ordens mellanhavanden med Sigurd Strömberg. Kraven på honom hade stegrats bit för bit ända till dess att det inte fanns någon annan utväg än att tysta både Sigurd och Vera. Det hade inte varit lätt, han hade behövt tre tabletter för att lugna sig innan han gick in i deras lägenhet, öppnade deras sovrumsdörr, smög fram till sängen och satte den första kulan i Sigurds panna. Vera hade märkt att något hände, hon hade varit på väg att resa sig när han avslutade hennes liv på samma sätt som Sigurds.

Han hade mått dåligt varje dag efter tillslaget mot Strömbergs. Nästa natt skulle han offra ett oskyldigt barn, en pojke som aldrig skulle få fylla fem år. Han hoppades att Stormäster inte märkte hur han våndades.

Kapitel 23

Onsdag morgon, minuterna efter att Bengt Rost hade anlänt till NOA, ringde mobilen. Det var Bobby.

"Ni ville att jag skulle höra av mig när något händer."

"Javisst, är något på gång?"

Nu blev Bobby så ivrig att Rost hade svårt att följa med.

"Landström ringde för en kvart sedan och vill bli hämtad i kväll klockan nio. Men jag får inte tala om det för någon. Jag ska använda min egen bil, jag måste köra förbi platsen där jag släppte av honom. Jag ska köra ytterligare en kilometer och sedan vända långsamt tillbaka, inte fortare än tjugo. Han hejdar mig och hoppar in. Jag ska köra vidare och hålla utkik efter förföljare. Sedan frågade han om jag var säker på att hitta. Vad skulle jag säga, att jag redan har varit där en gång till?"

"Det sa du väl inte?"

"Nej, jag svarade att han kan lita på en taxichaffis lokalsinne."

"Sa han varför han kunde vara förföljd?"

Det hade han inte gjort, Bobby hade heller ingen aning. En sak var säker, Bobby fick inte hämta Landström ensam.

"Bobby, du måste ta dig hit till NOA så fort som möjligt. Landström är en desperat man, han har troligen redan mördat två personer och han är beväpnad. Du kan bli hans tredje offer. Fråga efter Stig Alm när du kommer."

Alm var, ovanligt nog, sen den här morgonen. När han till slut anlände hade Rost slitit sitt huvud i trekvart med att hitta ett sätt att gripa Landström utan att utsätta Bobby för några risker. Det fanns ingen garanti att Landström skulle visa sig om inte Bobby satt vid ratten eller om någon annan åkte med i bilen. Bobby måste köra. De kunde inte blockera vägen för honom och tvinga honom att stanna om

Landström hotade med ett vapen. De skulle bli tvungna att låta honom åka vidare med Bobby som chaufför. Ingenting såg ut att fungera.

Stig Alm behövde inte slita sitt huvud mer än en minut innan han hade strategin i stort sett färdig:

"Klockan nio är det beckmörkt. Det går inte att se vem som kör. Allt som Landström väntar på är en bil som först passerar och sedan kommer tillbaka onaturligt långsamt. Du kör och jag gömmer mig i baksätet. Vi tar honom hur enkelt som helst."

"Bobby då?"

"Han ska inte vara med. Vi hittar ändå."

Resten av onsdagen ägnades åt skrivbordsarbete fram till strax före sju då det var dags för Alm och Rost ge sig av mot Bollnäs. Alm hade kvitterat ut en av de äldre bilarna, en som kunde ha ägts av en invandrare i trettioårsåldern som försörjde sig som taxichaufför. För att göra den mer autentisk fungerade inte vänster halvljus. Alm hade sagt att de hade en enkel uppgift framför sig. Rost var inte lika säker. Landström var beväpnad och skulle inte tveka att skjuta om det kunde hjälpa honom. Kanske borde de använda skyddsvästar?

"För obekvämt", hade Alm avgjort. "Vi ger honom ingen chans att ta fram pistolen."

Med en kvart tillgodo gjorde de halt i en parkeringsficka någon kilometer innan de skulle ta mot söder från väg 50. Som Alm hade förutsagt, var det mörkt så när som ljuset från en blek halvmåne. Vid tio minuter före nio körde de vidare i maklig takt. De passerade huset där Bobby hade släppt av Landström sex dagar tidigare. Där var det mörkt men i grannhuset lite längre fram lyste det i tre fönster. Alm låg i baksätet och Rost hukade bakom ratten, säker på att Landström stod någonstans och granskade bilen när den passerade. När de återvände skulle han kliva ut på vägen och hejda dem. Efter drygt en kilometer hittade Rost en anslutande väg där han kunde vända. Innan han startade återfärden stoppade han motorn för att lyssna.

"Hör du något?" frågade han Alm som försiktigt rätade på sig för att komma närmre den öppna rutan.

"Ingenting utifrån, men dina öron är nog bättre än mina. Kör tillbaka nu, på halvljus och max tjugo."

Rost gjorde ett startförsök, motorn gick nätt och jämt runt.

"Vi fick låna en riktig rishög", kommenterade Rost. "Du får kliva ut och knuffa igång den."

"Släck ljuset först och försök igen!"

På nästa försök gick motorn igång. Rost andades ut, Alm var glad att han slapp knuffa.

"Stäng inte motorn en gång till", vädjade Alm.

Rost lät bilen rulla på tvåans växel. Efter femhundra meter hade ingenting hänt, sedan såg Rost hur träden framför honom lystes upp.

"Vi kommer att få möte. Jag hoppas att det inte skrämmer bort Landström."

"Stanna till dess de har passerat", hördes från baksätet.

Rost gjorde som han blev uppmanad och var nära att stänga motorn innan han mindes. Efter en stund meddelade Rost att ljuset i träden var borta. Det skulle inte bli något möte.

"Kan bilen ha stannat vid vägen? Hur långt borta kan den ha varit?"

"Ett par hundra meter", gissade Rost. "Vi passerade ett par hus. Det kan ha varit besökare dit."

"Vi måste fortsätta, Landström kan inte vara långt borta nu!"

Alm kröp ihop för att inte synas.

Rost hade haft rätt, de två husen dök upp efter nästa kurva. Där fanns även bilen som hade lyst upp trädtopparna. Till hälften blockerade den körbanan. De hade kunnat passera till vänster om det inte hade stått en mörkklädd figur där med en ficklampa i handen och visat att de skulle stanna.

"En vägspärr", varnade Rost. "Jag måste stanna."

Alm satte sig upp i baksätet. Det var uppenbarligen inte Landström som hejdade deras framfart. Vad det än var fråga om skulle en medelålders man gömd i baksätet verka misstänkt. När de kom närmre såg Rost att mannen som hejdade dem inte var ensam. Ytterligare två avvaktade bakom honom. Mannen med ficklampan kom fram och lyste Rost i ansiktet.

"Vad gör ni här?" undrade han med en röst som avslöjade att de inte skulle känna sig välkomna.

"Ingenting alls", svarade Rost. "Jag har kört fel. Vad är det fråga om?"

"Inbrott, skumma typer kör här, man måste ha koll. Men ni verkar reko."

Rost höll med, man måste ha koll. Mannen med ficklampa lät genast vänligare, bad om ursäkt för att ha hade stört.

"Förresten, ditt vänstra halvljus lyser inte."

När de hade lämnat den lokala grannsamverkan hukade Alm återigen i baksätet så att Landström inte skulle märka att de var fler än en i bilen. Det var klokt. Hundra meter längre fram klev en man ut från busksnåren till höger om vägen och gjorde stopptecken. Rost stannade jämsides med honom och sträckte sig mot högerdörren som om han ville vara artig och öppna för Landström. Det var först när Landström hade satt sig tillrätta och dragit igen dörren som han upptäckte misstaget.

"Va fan…" Han gjorde ett tafatt försök att hoppa ut, fumlade med dörrhandtaget men ändrade sig. Kanske var det Rosts grepp om hans arm, kanske var det trots allt tryggare i bilen än ute i mörkret.

"Bobby hälsar att han fick förhinder. Jag kör dig i stället. Men du ska åka i baksätet."

När Landström vred på huvudet upptäckte han att Rost inte hade kommit ensam för att hämta honom. Stig Alm väntade nu utanför hans dörr, beredd att eskortera honom till baksätet. Förflyttningen gick lätt sedan Alm hade konstaterat att Landström var obeväpnad.

"Var har du gjort av pistolen?"

"Dom tog den. Sätt fart nu! Det här är en farlig plats."

Landström tyckets ha accepterat situationen. Alm såg till att Landström fick på sig bilbältet, sedan satt Landström tillbakalutad och såg ut i mörkret. Han regerade knappt när Alm informerade honom om att han var gripen misstänkt för att ha mördat paret Strömberg.

Rost lydde uppmaningen att sätta fart, inte för att komma undan någon fara utan för att återvända till Stockholm efter ett lyckat gripande. Med helljuset tänt kunde han lätt hålla åttio. Alm försökte få Landström att avslöja något om var han hade varit, vad han hade gjort den senaste veckan men fick inga svar. Landström var fullt upptagen med att spana framåt. Det var inte mycket att se, det var glest mellan husen och ingen mötande trafik. Först efter fem minuter dök något upp ett par hundra meter längre fram. Det hade en högst oväntad effekt på Landström.

"Stopp, stanna, vänd om!" skrek han från sin plats i baksätet.

"Lugn", manade Alm. "Det är bara grannsamverkan som kollar misstänkta bilar."

Det lugnade inte alls Landström, snarast tvärtom.

"Det är mördare! De vill ta livet av mig för att jag vägrar att skära halsen av en fyraårig pojke!"

Det gick inte att ignorera Landströms panik. Med etthundra meter kvar till tre figurer som nu syntes tydligt i strålkastarljuset fick Rost stopp på bilen. Att vända på den smala vägen krävde tre backmanövrar. Utan att vänta på instruktioner från baksätet körde han tillbaka samma väg som de hade kommit, släckte ljuset när han såg en avtagsväg åt vänster och lyckades styra rätt med endast månljuset till hjälp. Den nya vägen var knappt så bred som en timmerväg i hans norrländska hemtrakter. Rost mer kände sig fram än såg hur han körde. Det fungerade till dess vänster framhjul sjönk ner i en grop. Rost gjorde några försök att snabbt växla mellan fram och back men lyckades inte ta sig loss. Det var en farlig situation. Alm ropade åt Rost att inte stänga motorn. Det var för sen.

"Jävlar! Jag tänkte inte. Jag försöker få igång den!"

Nu ingrep Stig Alm i tid:

"Vänta med det, låt batteriet hinna återhämta sig!"

De blev sittande och lyssnade efter förföljare med rutorna nervevade. Inget motorljud var i antågande. Kanske hade ingen brytt sig om att följa efter, kanske hade manöver med släckta strålkastare vid avtagsvägen lurat dem, kanske var det endast grannsamverkan mot inbrott som hade satt upp ännu en vägspärr. Alm lade handen på Landströms axel för att få hans uppmärksamhet.

"Vad var det du sa? Skulle du skära halsen av ett barn?"

"Det är vad som krävs av mig om jag ska överleva, men jag kan inte göra det. Jag älskar barn."

Det var knappt att rösten bar. Alm var ändå tvungen att ta reda på vad som var på gång.

"Hur är det nu? Är barnet utom fara?"

"Absolut inte. Det är inte bara min pojke. En pojke till och en flicka ska offras vid midnatt."

Offras! Ett obehagligt minne trängde fram hos Stig Alm. Han hade en gång sett något som liknade förberedelse till ett rituellt människooffer. Ett altare i rostfritt stål med skarpslipade knivar och två blanka kors på väggen. Offrade de barn? Hur lågt kan människor sjunka? Alm ruskade om Landström som var på väg att försvinna in i sig själv.

"Det måste förhindras. Vem ska offra och var ska det ske?"

Landström lyckades ta sig samman och förklara så pass att de förstod att det inte var långt borta. Hans uppgifter stämde överens med platsen där de hade blivit granskade av grannsamverkan.

"Bakom de två husen finns en lada. Det är ingen riktig lada, invändigt är den ett tempel för en kristen orden. Där offrar medlemmarna till ordens instiftare för att visa sin lojalitet."

"Är de beväpnade?" frågade Alm.

"Inte alla, men några har vapen."

Bengt Rost undrade om han hade hört rätt. Männen vid vägspärren hade verkat normala, nästan sympatiska, när de förstod att han själv och Alm inte var ute för att planera inbrott. Höll de i själva verket på med något helt annat än att skrämma bort tjuvar?

"Har du rymt från dem?" frågade Alm. "Är det dig som de letar efter?"

"Jag var tvungen. Den som inte offrar efter att ha fått veta ordens hemligheter måste dö."

Sedan slöt Landström ögonen och lutade huvudet mot sidofönstret.

"Somna inte nu! Du måste hjälpa till att få upp bilen ur hålet."

Landström verkade inte ha hört uppmaningen. Var det något fel på honom? Rost, vänd mot baksätet, stötte honom i bröstet med näven. Landström tittade upp, sedan vilade huvudet mot rutan igen.

Tre barn var i livsfara och på något sätt måste de ingripa. De hade nästan tre timmar tillgodo men kunde inte ensamma ge sig på de beväpnade männen. Alm undrade om en insatsstyrka från Stockholm kunna vara på plats i tid. Skulle han begära fram piketpolisen? Det kunde ta en timme att organisera insatsen och sedan ett par timmar för körtid. De skulle nog komma för sent. Kanske kunde en begränsad styrka rycka ut med helikopter? De befann sig i Gävleborgs län. Från Gävle kunde det gå fortare att få fram hjälp men vilka resurser fanns det där? Alm tog fram mobiltelefonen och ringde först till NOA. Efter två minuter blev han kopplad till piketpolisen. Rost såg genast att beskedet var negativt.

"Upptagna på annat håll", viskade Alm under tiden som han lyssnade på förslag om alternativa strategier. Det enda som på något sätt verkade realistiskt var att kontakta länspolisen i Gävle. Alm fick direktnumret till ledningscentralen. Nu hade det redan gått värdefulla minuter. Hur övertygar man en främmande polismyndighet om behovet att rycka ut med förstärkningsvapen för en riskabel insats i mörker? Alm spillde ingen tid på småprat.

"Vi har en extrem nödsituation, tre barn riskerar att mördas av en grupp beväpnade religiösa fanatiker."

"Förlåt, vad sa du att du heter?"

Det gick trögt den första minuten men sedan hade kollegan i Gävle insett allvaret i situationen.

"Vi samlar ihop personal och utrustning och satsar på att vara på plats senast halv tolv."

Alm gjorde en tung utandning när samtalet var avslutat. Halv tolv skulle hjälpen komma om allting fungerade perfekt, hur ofta gör det det? Han fick anstränga sig för att inte låta pessimistisk när han informerade Bengt Rost.

"Det kommer kanske åtta man i två bilar och en ambulans. Vi möter dem vid huset där Bobby släppte av Landström. Nu måste vi få loss bilen, ni får hjälpa till att lyfta hjulet ur gropen."

Alm hade tänkt rätt, bilbatteriet hade återhämtat sig tillräckligt för att dra igång motorn. Landström hjälpte till genom att kliva ur under tiden som Rost knuffade och Alm backade. Vid det tredje försöket lossnade bilen och tog fart så att Rost föll framstupa.

För fortsättningen behövdes planering. Det bästa var kanske att stanna där de var så länge som möjligt, de kunde ändå inte göra något ingripande innan styrkan från Gävle var på plats. Ett annat alternativ var att försiktigt rekognoscera, att ta reda på var människor befann sig, hitta den säkraste vägen att närma sig ladan där offren skulle äga rum. Då skulle de behöva Landström som ciceron, men han var nu helt frånvarande.

Rost föreslog att de skulle vända bilen, köra tillbaka och avvakta strax innan de kom fram till vägen som ledde till mötesplatsen. Det blev den kompromiss som valdes. De startade i samma riktning som tidigare. Efter någon minut nådde de en glänta där bilen kunde vändas. Sedan tillbaka med endast månljuset till hjälp. Det gick bättre nu när Rost hade fullt mörkerseende. Det gick också fortare än han hade väntat sig. Plötsligt hade han T-korsningen där han hade svängt av för att lura deras förföljare alldeles framför sig. Alm klev ut, gick fram till korsningen och granskade vägen i båda riktningarna utan att uppfatta några tecken på mänskliga aktiviteter.

"Det är lugnt. Vi fortsätter mot husen där vi ska möta insatsgruppen."

Rost kände hur det knöt sig i magen. Han hade helst väntat till dess de hade sällskap med en större styrka. Det fanns en risk att de som bodde vid mötesplatsen också tillhörde den offrande sekten. Då kunde de hamna i ett hopplöst underläge. Deras enda beväpning var hans egen pistol i axelhölstret. Att köra vidare var en chansning som Rost inte gillade men han behöll den åsikten för sig själv.

Hittills hade de smugit med allt ljus släkt, nu skulle de fortsätta med det ensamma halvljuset tänt. Alm ville att de skulle ge intryck av någon som bara råkade passera förbi. Den maskeringen kunde raskt ha avslöjats när Rost av spänning och nervositet tände blåljuset innanför grillen i stället för halvljuset. Misstaget rättades snabbt till, ingen utom de själva tycktes ha märkt malören.

Landström, som satt ensam i baksätet, var nu helt lugn. Inget märktes av paniken som hade hållit honom i sitt grepp när de plockade upp honom. Han verkade sova trots att ögonen var halvt öppna. Rost, som var mer van vid påtända knarkare än Stig Alm, misstänkte att Landström hade tagit ett nedåttjack. Han måste ha fått i sig drogen strax innan de plockade upp honom. Det var tur att Landström redan hade informerat om var fanatikerna höll till. Någon mer hjälp såg det inte ut att komma från det hållet.

Vid mötesplatsen var det fortfarande mörkt i det första av de två husen. Rost fortsatte till grannhuset där det lyste i flera fönster.

"Vi väntar här. Jag ska kolla med Gävle. Deras folk bör ha kommit iväg nu."

Beskedet från Gävle var långt ifrån vad Alm hade hoppats på.

"Vi är lite sena men räknar med att köra om fem minuter. Vi kan få ihop sex man, vi har fem klara och väntar på den sjätte."

Alms tillkämpade optimism var på väg att rinna ut. Tidsmarginalen hade krympt till ingenting. Gävlegruppen kunde som allra bäst vara framme minuterna före midnatt.

"Ni måste starta omedelbart. Det finns inte tid nog för att vänta. Det kan kosta tre barn livet om ni kommer för sent."

Alm kunde ha lagt till att det även kunde kosta två poliser från NOA och en misstänkt mördare livet, men han var inte säker på att det skulle snabba på utryckningen. Med en större grupp emot sig tog sektmedlemmarna kanske reson, gav upp eller lämnade platsen utan strid. Med två man (Landström räknades inte) och en enda pistol som beväpning var oddsen usla. Hur det än blev så behövde de mer information. Med Landström helt frånvarande såg Alm endast en möjlighet.

"Vi måste fråga folket där inne vad de känner till om ladan. Landström får stanna i bilen."

Alm gick in på tomten och fram till ytterdörren. Rost, som följde strax bakom, fruktade att det var ett misstag som skulle kosta dem livet. Han höll pistolen osäkrad bakom ryggen när Alm satte fingret mot ringklockan.

De behövde inte vänta länge. Det var som om de hade blivit sedda och någon väntade på dem. Dörren gick upp till dess en säkerhetskedja tog emot. Alm skymtade konturerna av huvudet hos en äldre kvinna. Han höll fram sin legitimation i dörrspringan.

"Kriminalinspektör Stig Alm och polisassistent Bengt Rost vid Nationella operativa avdelningen. Vi behöver tala med någon som känner till omgivningen. Kan vi komma in?"

"Vänta", svarade kvinnan och stängde dörren.

Minuten senare öppnades springan igen och en manlig röst undrade:

"Vad är det om, vad vill ni?"

Alm tog om presentationen och frågan om de kunde komma in med tillägget: "Det brådskar."

De blev insläppta. Paret som tog emot dem var ägarna till stället, Hans Johanson och hans hustru Inez, pensionärer som arrenderade ut sin åkermark men bodde kvar på gården. Bengt Rost kunde andas ut och smyga in pistolen innanför jackan. Paret Johanson såg minst av allt ut att tillhöra en mördarsekt.

De blev visade till det som Inez kallade storstugan, ett rymligt sparsamt möblerat rum med golv av breda målade träbräder. Hans Johansson pekade mot ett furubord omgivet av åtta stolar framför den öppna spisen.

"Slå er ner så ska jag försöka svara på era frågor. Inez hämtar något att dricka."

Det sista var lika mycket en uppmaning till hustrun som ett erbjudande till poliserna.

Alm hade gärna inlett med att nämna något om det rogivande livet på landet, men tiden var för knapp.

"Några hundra meter härifrån ligger två hus alldeles intill vägen. Vet du vad det är för folk som håller till där?"

Hans Johanson gjord en sur min.

"Det har jag också undrat. Vad det är för folk menar jag. Där bodde två lantbrukarpar till för fem år sedan. Båda sålde samtidigt till någon slags stiftelse och sen har det för det mesta stått tomt."

"Det ser ut att vara folk där nu", påpekade Alm. "Vet du vad de gör där?"

Hans Johansson nickade instämmande.

"Det har varit ett evinnerligt rännande där de senaste dagarna. Bilar kör förbi mitt i natten också. Men ingen har varit här och hälsat eller förklarat. Det tycker jag att de hade kunnat kosta på sig. Det är väl folk från stan som har sådana fasoner… Förlåt, jag menade inget illa med det, det är sånt man säger på landet."

Alm tog inte illa upp, han kunde hålla med. Stadsbor bryr sig inte mycket om sina grannar, men det fanns annat som var viktigare just nu.

"Det ska finnas en stor lada bakom husen, stämmer det?"

"Det stämmer bra det", svarade Hans Johnsson. "Tomas, han som hade det ena jordbruket, han var lite konstig. Han byggde den största ladan i den här socknen och i socknarna runt ikring, inte för att han behövde den, bara för att äga den största. Sån är han, Tomas."

"Vet du vad ladan används till nu?"

Det visste inte Hans Johanson. Han hade faktiskt varit där och tittat när stället var övergivet men allt hade varit stängt med nya lås.

"Det ser ut som om de förvar värdefulla redskap i ladan. Här kommer Inez med förfriskningar. Jag hoppas att det är något som passar."

Inez slog sig ner hos dem och undrade om de hade fått reda på det som de behövde veta.

"Vi är på god väg", svarade Alm med ett försök till leende. "Bara några frågor till."

"Om man ska ta sig till Tomas lada utan att någon ser det, hur går man då?"

"Du menar, om ingen ska se det från boningshusen?"

Det var ungefär vad Alm hade menat, det var en bra början.

"Exakt så", svarade han.

"Det har funnits en stig från andra hållet men det är inte mycket kvar av den nu. Stigar växer fort igen när de inte används."

Klockan hade blivit halv tolv, förstärkningen från Gävle borda vara mer än halvvägs framme. Alm var tvungen att ringa för att försäkra sig om att gruppen hade kommit iväg som planerat.

"Det gick bra, de var färdiga att lämna härifrån bara några minuter efter att vi talades vid senast."

Det var uppmuntrande, men fortsättningen var inte lika positiv.

"De var tvungna att tanka, det tog nog lite tid. Det finns inte så många nattöppna bensinstationer härikring."

"Hur mycket tid gick det åt?" undrade Alm.

"Kanske en kvart, tio minuters omväg och fem minuter för att tanka. Men det är bara min gissning. De kommer till dig så fort som de kan."

Alm hade ringt samtalet i hallen så att inte husets ägare skulle höra. Det kanske inte hade spelat någon roll, i vart fall kunde de inte undgå att märka hans bekymrade min när han återvände. Han var tvungen att ge dem någon slags förklaring.

"Vi måste undersöka vad som händer i ladan, men vi vill helst inte göra det utan förstärkning från Gävle. Tyvärr ser det ut som om de blir sena. Vi går ut och tar en försiktig titt. Om du Hans visar oss var stigen börjar så klarar vi resten själva."

"Jag följer med hela vägen", svarade Hans Johansson.

Det kunde Alm inte gå med på. Det var för riskabelt.

"Du kan inte följa med ända fram, bara så långt att vi hittar själva."

Inez suckade av lättnad.

Rost var inte glad åt utvecklingen. Skulle de bli tvungna att konfrontera barnamördare beväpnade med endast en pistol? En tanke, okonventionell visserligen, slog honom. Han tog Alm åt sidan och viskade:

"De kanske har något vapen här i huset, ett jaktgevär eller liknande. Vi skulle kunna fråga."

Fem minuter senare var alla tre ute i mörkret, Hans Johansson med en ficklampa i handen, Bengt Rost med pistolen i beredskap och Stig Alm med en laddad dubbelpipig hagelbössa på axeln. Det var inte mer än tio minuter kvar till tolvslaget då offerceremonin skulle inledas.

När de anade konturerna av en stor byggnad framför sig hade de ännu inte stött på någon människa. Alm viskade åt Hans Johansson att han måste återvända. Själv hade han inget annat alternativ än att ta med sig Rost och smygande närma sig ladan som allt hotfullare tornade upp framför dem.

Kapitel 24

Stormäster, klädd i den svarta hellånga yllemanteln som hans roll krävde, granskade de församlade Bröderna från sin upphöjda plats vid altaret. Han svettades lika mycket av upphetsning som av det varma plagget. Broder Landström hade lyckats rymma men hade dessförinnan blivit drogad. Han skulle inte komma långt. Landströms objekt var först i tur och nu var det Stormäster som skulle genomföra Riten. Men först skulle han leda bönen. Församlingen skulle erkänna Instiftaren som Ordens eviga ledare och lova honom sin absoluta lydnad.

***

Förstärkningen från Gävle syntes fortfarande inte till och snart skulle det vara för sent att förhindra morden på tre hjälplösa barn. Stig Alm och Bengt Rost hade båda kommit till samma slutsats. De var tvungna att agera, att förbli passiva och låta tre oskyldiga barn möta döden var ett omöjligt alternativ. För all framtid skulle de vara poliserna som svek, som valde sin egen säkerhet framför barnens liv. Alm sprang, utan något försök att hålla sig dold, längs ladans långsida, Rost följde tätt efter. På gaveln fann de ingångsdörren obevakad och olåst. En snabb inbrytning var det enda alternativet. Det skulle hejda sektmedlemmarna till dess de insåg att de var mer än tiofaldigt överlägsna inkräktarna. Vad som sedan skulle hända fanns det ingen tid att tänka på.

***

Ännu hade det första objektet några minuter kvar att leva. Paradisets port var endast öppen för de som har genomgått det kristna dopet. Objekten som offrades skulle döpas av Stormäster. Skålen med vigvatten stod till vänster på altaret, bredvid etuiet med kniven. Barnet hölls av en assistent, Stormäster tog tre gånger av vattnet från skålen och lät det rinna över barnets hjässa. Sedan återstod endast ritens fullbordan. Stormäster öppnade etuiet och tog fram den vackert ornamenterade kniven med blad av bästa laminatstål.

***

De gjorde halt innanför dörren. Det inre lystes upp av en kristallkrona mitt i lokalen och av levande ljus längs väggarna. Två höga gyllene kors hängde fritt från taket. Framför ett podium stod ett tjugotal figurer klädda i svarta spetsiga kåpor. På podiet fanns ytterligare två svartklädda vid ett bord klätt som ett altare. Sedan såg Rost vad som pågick.

"Stopp, polis, ni är gripna!" skrek han med sina lungors fulla kraft samtidigt som Alm höjde bössan och tryckte av. Hagelsvärmen träffade exakt där han hade siktat. Kristallkronan exploderade i en svärm av glassplitter som föll över de svartklädda. Några skrek av smärta, andra av rädsla och upprördhet. För att förstärka intrycket av stor polisinsats tryckte Rost i snabb följd av fem pistolskott mot taket. De som nyss hade varit åskådare framför podiet slängde sig ner på golvet.

De två på podiet upptäckte snabbt varifrån angreppet kom. Den ena höll plötsligt en pistol i handen. Han hade rent skottfält från sin upphöjda plats, Alm och Rost saknade skydd. Den första kulan gick till höger och tog i dörrposten bakom Alm, den andra var mer framgångsrik. Det var Rost som fick betala priset. Alm såg honom vackla, föra handen mot pannan, blodet som rann från tinningen. Nästa kula från samma håll hade kunnat bli dödande om det inte hade funnits en patron kvar i hagelbössan. Alm siktade mitt i bröstet, mannen med pistolen knäade och föll framstupa utan ett ljud, paniken tog fart bland de svartklädda åskådarna. Många rusade hukande mot utgången, några gjorde något som Alm inte hade räknat med. De sprang längs väggarna och välte de levande ljusen, höga flammor slog genast upp, ladan såg ut att var adapterad som en brandbomb.

***

Stormäster hade sett sin assisterande Broder falla ihop på podiet. Med poliser på plats fanns det inget som kunde rädda offerkyrkan. Den hade inte längre någon funktion, elden skulle utplåna alla spår som ledde till Orden. Som en av de sista sprang han själv så fort han förmådde mot bilen som skulle föra honom i säkerhet. På plats i baksätet kände han smärtan i bröstet. Hans läkare hade varnat honom för plötsliga ansträngningar. Han hade känt smärtan tidigare, men aldrig något i närheten av detta. Han försökte komma åt tabletterna i kavajens innerficka. De skulle rädda honom, men manteln hindrade, han kämpade med det motsträviga tyget, krafterna avtog och han fick allt svårare att andas. Snart var han helt oförmögen att röra sig, allt han kände var lufthunger och smärta. När hans chaufför anlände låg Stormäster, av några även känd som bankir Evert Rosenholm, död i baksätet med manteln uppdragen till midjan.

***

Ladan var på väg fyllas med rökgaser som när som helst kunde antändas och förvandla allt till ett brinnande inferno. Barnet låg kvar på altaret, lika dödsdömt som när den svartklädda stod där med kniven i handen. Halvt förblindad av blod i ögonen rusade Rost mot podiet innan Alm hade hunnit hindra honom. Han kolliderade med en av de flyende, rullade runt på golvet, kom på benen igen, hostade och

216

torkade ögonen med jackärmen innan han fann riktningen och tog sig vidare.

Pojken låg helt stilla. Han reagerade knappt när Rost lyfte honom och sedan mer stapplade än sprang mot utgången. Röken tilltog och sved i ögonen, näsan och luftrören. Rost höll andan så länge han kunde. När han till slut var tvungen att andas åkte luften ut igen med en hostattack snabbare än han hade dragit in den. Han kämpade den sista biten utan fler andetag, väl ute sjönk han ner på knä och lade pojken på marken.

Stiga Alm, som hade varit beredd att gå in och leta efter sin assistent, lyfte upp pojken och konstaterade att han andades.

"Fantastiskt! Du klarade det och barnet verkar vara okej."

Rost kunde inte känna samma lättnad som han hörde från Alm.

"Det ska vara två barn till. De måste finnas någonstans där inne!"

Han ville återvända in i den nu helt rökfyllda ladan, men den här gången hindrade Alm honom.

"Om du går in igen så dör ni alla tre. Det kan jag inte tillåta. Du måste nöja dig med att ha räddat ett barn."

Det var naturligtvis rätt. De visste inte var de återstående två barnen fanns. När ladan hade brunnit ner och resterna svalnat skulle de söka i askan. Till dess fanns inte mer att göra. Alm, som fortfarande höll pojken på sin arm, hade tagit fram telefonen med den lediga handen för att efterlysa insatsstyrkan från Gävle när Rost drog i hans arm.

"Någonting rör sig innanför dörren! Det är någon där."

Pojken som Rost hade burit ut lämnades på marken när båda poliserna återvände mot dörren där det nu vällde ut svart rök. De höll andan, blundade och kröp in ett par meter, kände sig för och fick tag i något som inte hade funnits där tidigare. Det var något tungt, de drog med gemensamma krafter till dess de kom ut och upptäckte att de hade fått med sig en svartklädd figur, en som måste ha blivit kvar när resten av sektmedlemmarna gav sig av. I mörkret såg de inte genast att figuren på marken inte var en utan tre. Den svartklädda höll fast två barn som han inte släppte förrän Rost och Alm tvingade honom.

"Vi måste bort härifrån nu", ropade Alm till Rost. "Först barnen, sedan den där."

Han pekade mot mannen på marken.

Rost klarade att bära pojken som han hade hämtat från altaret, Alm tog de nyanlända två och sedan sprang de med dem i famnen till dess de var på säkert avstånd från rök och eld. När de återvände för att hämta mannen slog lågorna ut genom porten, de kände hettan redan när de närmade sig. Det krävdes ett stort mått av självövervinnelse för att krypa mot elden, greppa mannens kläder och släpa honom till dess de var i säkerhet. Då först såg de blåljusen närma sig.

Bengt Rost fick sin skottskada omplåstrad av sjukvårdaren som följde med ambulansen. Det hade slutat blöda, kulan hade snuddat vid vänster tinning och fläkt upp huden. Hostan besvärade mer men han värjde sig när sjukvårdaren vill ta honom till sjukhuset. Det var viktigare att han hjälpte barnen som inte reagerade normalt på uppståndelsen.

"De reagerar inte alls", förklarade Stig Alm. "De är helt nollställda, följer bara med blicken när jag visar mig."

Sjukvårdaren lyste med en ficklampa och kom till samma slutsats som Alm. De kisade mot ljuset, annars ingenting.

"De andas normalt, verkar inte ha tagit skada av röken."

Normal andning var viktigast för sjukvårdaren. Var de drogade? De behövde kollas och övervakas.

"Jag tar barnen till Bollnäs först, sedan hämtar jag mannen", avgjorde sjukvårdaren,

Mannen, som på egen hand hade räddat de sista två barnen, var på väg att återhämta sig. Alm ville säga något till honom, ville visa sin tacksamhet för att han hade räddat livet på barnen.

”Det var en fin sak du gjorde när…”

Längre kom Alm inte innan han tystnade. Mannens ansikte hade blivit rengjort från sot, och i ljuset från insatsgruppens belysning såg Alm något som nästan fick hjärtat att stanna.

”Vad i helvete! Är *du* en av dem?”

Alm ropade på Bengt Rost, han ville vara säker på att han inte tog fel. Rost bekräftade, det var Bobby och ingen annan.

Innan ambulansen återvände lyckades Bobby i stort sett förklara hur de kom sig att han såg ut som en av sektmedlemmarna. Han hade varit på plats någon timme innan Alm och Rost anlände. Han hade rekognoserat, sett aktiviteterna runt ladan, hållit sig dold till en halvtimme före midnatt.

”Jag såg att ni blev hejdade. Vet du att det ena halvljuset är trasigt?”

Han hade sett män anlända i bilar, hälsa på varandra som om de var bekanta sedan läge och sedan dragit på sig svarta mantlar från ett bord vid ingången till ladan. Någonting skulle ske i ladan och Bobby hade varit fast besluten att ta reda på vad.

”När det var tomt framför ladan satte jag på mig en mantel och gick in. Det var ingen som lade märke till mig.”

Att det var en kristen sammankomst hade han förstått av två gyllene kors och något som liknade ett altare på ett upphöjt podium mitt i lokalen. Det var först strax före midnatt som saker hade börjat hända.

”En man tog plats på podiet och bad böner tillsammans med de församlade, konstiga böner och löften till någon slags institftare.”

Sedan hade en ur församlingen hämtat ett barn från ett utrymme längst in i ladan och burit upp det på podiet. Klockan hade blivit nära midnatt när de två på podiet genomförde en dopceremoni. Just när den var avslutad hade kristallkronan över deras huvuden exploderat med en våldsam knall.

Resten visste Alm och Rost. Ladan hade snabbt tömts på svartklädda, alla hade rusat mot utgången förutom några som välte ljusen. De hade inte sett en av de svartklädda springa i motsatt riktning.

"Ni förstår väl att jag inte kunde lämna barnen att dö i lågorna? Jag var tvungen att hämta dem. Jag klarade det nästan på egen hand."

Det var först när ambulansen hade gett sig av med Bobby som Alm och Rost kunde återvända till sin egen bil, den med ett trasigt halvljus. De fann Landström i baksätet där de hade lämnat honom. Det var ingen idé att kalla in ytterligare en ambulans, ingenting kunde hjälpa Rutger Landström tillbaka till de levande. Alm gav kollegorna från Gävle sin version av vad som troligen hade hänt med Landström. Han hade varit påverkad när de träffade honom och sedan försämrats till dess han inte längre reagerade på tilltal. Landströms inblandning i sekten sparade han till ett senare tillfälle. Det hade tagit resten av natten att reda ut den saken. Både han själv och Bengt Rost ville återvända till Stockholm. Alm lämnade till insatsgruppen att ta hand om branden, resten var en uppgift för NOA.

Bilen som de hade anlänt i var nu lika död som Rutger Landström. Återresan företogs i Bobbys bil. Det var med stor tvekan som Bobby hade lämnat över bilnycklarna till Bengt Rost innan han själv kördes till sjukhuset.

***

Torsdag förmiddag rapporterade Stig Alm till intendent Skarp. De hade, med bistånd från Bobby, räddat tre barn från att bli mördade. Intendenten var inte lika säker.

"Det var Rutger Landström som påstod att barnen skulle offras, eller hur?"

"Ja, det var Landström", bekräftade Alm. "Han skulle själv tvingas offra ett av barnen. Det var det som fick honom att bryta med sekten."

Skarp tvivlade på det han hörde. Det gjorde han nästan alltid när det kom från Stig Alm.

"Hur pålitlig är Landström? Av det som Bobby berättade ser det mest ut som om barnen skulle döpas."

"Landström dog i natt, men jag ser ingen anledning att misstro det som han sa i gårkväll."

Intendenten fortsatte:

"Ni avlossade flera skott inne i ladan, dessutom med ett icke reguljärt vapen. Var det verkligen befogat?"

Alm ångrade att han hade nämnt något om skotten och den lånade hagelbössan. Det kunde ha räckt att Rost ropade att sekten var gripen, omringad av poliser. Det skulle Skarp ha gillat.

"Det var de avlossade skotten som hejdade ett omedelbart förestående mord. Mördaren hade redan en kniv i handen. Det fanns inte tid nog att tänka ut något annat sätt att stoppa honom. Sedan blev vi själva beskjutna, Bengt Rost blev träffad. Elden måste besvaras."

Det gick inte att argumentera emot. Intendenten släppte den delen till internutredarna.

"Hur det än var så lyckades ni sätta eld på ladan och nästan bränna inne barnen. Det var en evig tur att du hade hjälp av assistent Rost och den där Bobby."

Alm brydde sig inte om att korrigera Skarps uppfattning av vem som hade satt eld på ladan. Att han hade tur med sina medhjälpare var han mer än villig att hålla med om. Rost var redan i tjänst och Bobby skulle lämna sjukhuset under dagen.

Skarp fortsatte: "Du lät de som närvarade i ladan komma undan. Du har inte ens ett signalement eller ett registreringsnummer från deras bilar."

Vad kunde Alm svara? Vi hade inte tid, tre barn var på väg att bli innebrända? Det var så självklart att Stig Alm inte ens nämnde det.

"Jag är ledsen för att jag inte tänkte på det. Naturligtvis borde vi ha gått runt och antecknat registreringsnummer."

Märkte intendenten spydigheten? Knappast, kanske skulle han vakna mitt i natten och inse att Alm hade drivit med honom.

En ny tanke slog intendenten:

"Du skulle ta reda på hur Knut Rustholm dog på häktet. Var det någon av vakterna som förgiftade honom?"

"Advokat Ranung har medgivit att han gav en sömntablett till Rustholm kvällen innan Rustholm dog. Förpackningen som tabletten låg i är skickad till Rättskemi i Linköping för analys. Om de hittar spår av cyankalium vet vi vem som mördade Rustholm."

Det var endast en sak av betydelse som Alm inte hade rapporterat till intendent Skarp. Revolvern, den som de hade funnit och förlorat, den förblev tills vidare hans och Bengt Rosts hemlighet. Någon, troligen Rutger Landström, hade tagit den från Strömberg lägenhet, men Landström hade den inte kvar. Ingen revolver hade hittats när huset i Saltsjöbaden och kontoret hos Företagsskydd genomsöktes. Alm skulle ta varje tillfälle att söka efter den, först när den hade kommit till rätta var morden på Sigurd och Vera Strömberg, och kanske någon mer, ett avslutat fall.

Epilog

Efter ett par veckor hade läget klarnat något. Sökandet efter den som hade mördat paret Strömberg kunde avbrytas. Allt talade för att Rutger Landström hade gjort det med visst stöd från Knut Rustholm som hade försett honom med en nyckel till parets lägenhet. Landström hade bevisligen skaffat sig tillträde till grannlägenheten varifrån han kunde övervaka Strömbergs lägenhet och de dödande skotten hade avlossats från hans pistol. Det skulle inte bli någon rättegång, de två huvudmisstänkta var döda, fallet var polisiärt uppklarat.

Ingen skulle heller komma att åtalas för Knut Rustholms död. Tablettförpackningen, som hade skickats till Rättskemi, kom aldrig fram till mottagaren. Någonstans på vägen hade det noggrant förpackade beviset försvunnit, omöjligt att säga hur. Utredningen lades ner i brist på spaningsuppslag.

Bankir Evert Rosenholm anmäldes försvunnen när han inte kom tillbaka till banken efter sin ledighet och inte heller fanns i bostaden. En vecka senare hittades han sittande i sin bil. Den hade gått av vägen i en svag kurva mellan Hästäng och Hörby. Bilen hade stannat tjugo meter in i en skog av sly och ris, osynlig för de som passerade förbi. Obduktionen bekräftade att Rosenholm hade avlidit av en massiv hjärtinfarkt. Troligen hade han insjuknat under färd och förlorat kontrollen över bilen.

Bengt Rost hade kommit till Stockholm för att arbeta undercover. Nu var han för välkänd för den uppgiften. Det var inte utan lättnad som han mottog beskedet att han skulle återvända till sin station i Umeå. Än mer välkänd blev han ett halvår senare när han och Bobby belönades med medaljer för rådigt ingripande.

Innan Rost återvände till Umeå var det en sak som han gärna ville diskutera med Alm.

"Har du tänkt på att mordet på paret Strömberg kan ha något att göra med ett annat mord för många år sedan. Sigurd Strömberg hade lagt beslag på en magnumrevolver och använde den för utpressning. Revolvern var viktig och Strömberg kände till något som först gav honom inkomster och sedan gjorde honom till ett mordoffer."

Det hade Stig Alm också tänkt på, skulle det komma mer? Hade han underskattat Bengt Rost?

Det kom mer: "Lusen visste något om revolvern. Han hade använt den själv och han kopplade den till K Andersson som var polis i Stockholm på åttiotalet. K Andersson var Knut Rustholm innan han bytte efternamn. Du nämnde det själv sista gången du hörde Rustholm."

Rost tvekade, osäker på om han tröttade sin chef med rena självklarheter eller om han själv hade misstagit sig, endast inbillade sig kopplingar mellan nu och då.

"Fortsätt!" uppmanade Stig Alm.

"När Rustholm var död hittade vi ett korsord i hans cell där han hade skrivit in initialer och datum. Födelsedagar tänkte jag, men det måste inte ha varit födelsedagar. Jag har kollat och då stämmer det första datumet, den tjugoåttonde februari med dagen då Olof Palme mördades. Initialerna var dessutom OP. Det fanns ytterligare tre datum med initialer. Vad står de för?"

Det hade Alm redan undersökt. CC och LZ stämde med två ouppklarade mord.

Rost fortsatte: "Kan revolvern ha varit den som användes vid mordet på Palme? Lusen gjorde beställningsjobb. Han var inte helt olik Christer Petterson. Var det Lusen som sköt Palme? Knut Rustholm hade förmedlat uppdraget till Lusen och visste vem som var beställare. Var det därför han blev mördad?"

Det var samma tankar som Stig Alm hade burit på. Men hur långt räckte bevisningen?

"Du har alldeles rätt, Bengt. Jag har också lagt märke till att mycket pekar mot mordet på Olof Palme. Om vi inte hade förlorat revolvern hade det kanske varit löst nu. Det var nog det som gjorde den så värdefull. Om det var Lusen som sköt Palme så kom han inte undan. Det var märkligt att han hamnade på Dagö, i praktiken ett livstidsstraff, efter att ha dömts för dråp. Någon på regeringsnivå måste ha vetat att Lusen dessutom hade Palmemordet på sitt samvete. Lusen var kanske verktyget, vem som använde honom vet vi inte och det vet nog inte Lusen heller."

Det var ungefär vad Rost också hade kommit fram till.

"Ska vi rapportera misstankarna till Palmegruppen?"

"Nej", svarade Alm, "det är ingen bra idé. Ett par av mina tidigare kollegor arbetar i gruppen. Vad ska de göra om utredningen läggs ner? Jag tror inte att de klarar vanligt polisarbete."

***

"Chefen, det är två besökare som vill tala med chefen!"

Restauratör Lars-Olov Bylund såg upp från listan med kvällens bokningar.

"Är det några som vi känner?"

Hans nyanställda kvinnliga servitris ruskade på huvudet.

"Tror inte det. Det är två eleganta herrar söderifrån."

"Vet du vad de vill?"

"Nej, men de har broschyrer med sig. De vill kanske sälja någonting."

Det var verkligen två eleganta herrar som Bylund fann vid bardisken, den ena lång och smärt, den andra klart under medellängd. Den långa sträckte fram handen som Bylund tog emot. Det var något bekant över de två.

"Georg Billström, kundansvarig på Aktiebolaget Företagsskydd."

Så var det! Utpressarna var tillbaka. Bylund ryckte undan handen snabbt som om han hade bränt sig.

"Jag trodde att vi var färdiga med våra mellanhavanden. Ger ni er av frivilligt eller ska jag kalla på polis?"

"Ett ögonblick bara, vi är här för något helt annat", svarade Georg Billström. "Det gamla kan vi glömma, det gäller inte längre."

Bylund hade helst kört ut de numera propert klädda herrarna i vinterkylan men hans nyfikenhet tog överhand. Det kostade inget att lyssna en stund och helt riktigt, det gamla gällde inte längre. Fortfarande sålde de skydd till företag men det gick att tacka nej utan att få sin lokal demolerad. Aktiebolaget Företagsskydd hade fått en ny ledning och ett nytt affärsupplägg.

"Vi har tre olika paket, silver, guld och platina", förklarade Billström. "Du tecknar dig för ett av våra paket, betalar en månatlig avgift och samlar sedan poäng som du kan använda till fördelaktiga inköp. Du kan köpa kläder, hemelektronik, möbler, verktyg, nästan vad som helst till halva priset för dina poäng. Med platinapaketet kan du till och med hyra en semesterlägenhet eller flyga jorden runt för halva priset. Det är något vi båda två tjänar på. Din premie är avdragsgill, du handlar för halva priset och vi gör också en liten förtjänst. Skattmasen är den enda som förlorar."

Nästa sommar semestrade Lars-Olov Bylund och hans servitris på Hawaii, för halva priset.

www.ingramcontent.com/pod-product-compliance
Lightning Source LLC
Chambersburg PA
CBHW061142170626
46809CB00003B/958